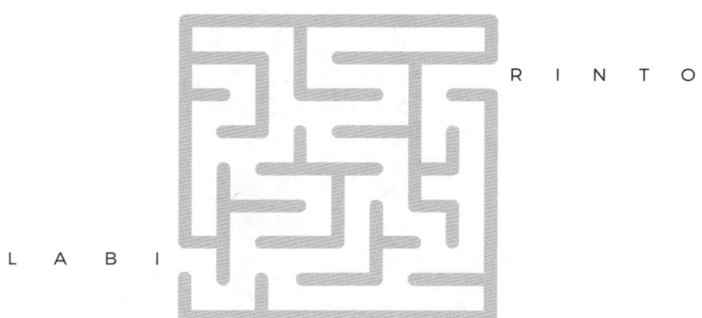

Francisco Almeida Prado

LABIRINTO

SÃO PAULO, 2019

Labirinto
Copyright © 2019 by Francisco Almeida Prado
Copyright © 2019 by Novo Século Editora Ltda.

COORDENAÇÃO EDITORIAL: SSegovia Editorial
PREPARAÇÃO: Adriana Bernardino
REVISÃO: Silvia Segóvia
CAPA: Bruna Casaroti
DIAGRAMAÇÃO: Equipe Novo Século

EDITORIAL
Bruna Casaroti • Jacob Paes • João Paulo Putini
Nair Ferraz • Renata de Mello do Vale • Vitor Donofrio

AQUISIÇÕES
Cleber Vasconcelos

Texto de acordo com as normas do Novo Acordo Ortográfico da Língua Portuguesa (1990), em vigor desde 1º de janeiro de 2009.

Dados Internacionais de Catalogação na Publicação (CIP)

Prado, Francisco Almeida
Labirinto
Francisco Almeida Prado.
Barueri, SP: Novo Século Editora, 2018.

1. Literatura brasileira I. Título.

19-0865   CDD-869.3

Índice para catálogo sistemático:
1. Ficção : Literatura brasileira 869.3

Alameda Araguaia, 2190 — Bloco A — 11º andar — Conjunto 1111
CEP 06455-000 — Alphaville Industrial, Barueri-SP — Brasil
Tel.: (11) 3699-7107 | Fax: (11) 3699-7323
www.gruponovoseculo.com.br | atendimento@novoseculo.com.br

Dedico este livro às pessoas solitárias. Àquelas que nas festas, rodeadas de amigos, ou no silêncio de seu quarto, sentem a falta de alguém; que um dia virá.

I

O táxi estacionou no espaço reservado ao desembarque de passageiros em frente ao hotel. O rapaz uniformizado que estava à porta imediatamente se aproximou e, após pegar a bagagem, ficou à espera do passageiro para acompanhá-lo até a recepção envidraçada.

O homem que descera, contudo, permaneceu imóvel, olhando para o lago que dali se vislumbrava, como se esperasse por algo. Disse ao rapaz:

— Leve por favor minha mala e a deixe na recepção. Eu já vou!

Não teve vontade de entrar naquele instante. Queria rever o Léman e sentir o cheiro de suas águas límpidas. Caminhou pela pequena praça, onde a brisa balançava os plátanos, indo até a beirada do lago.

Já era outono e as suas águas estavam azul-petróleo, impulsionadas lentas e irrefreáveis ao seu próprio destino, desconhecido por ele. Ao contemplar aquela grandeza, por instinto respirou profundamente sentindo leve brisa marinha. Soltou o ar pela boca, como que tomado de um cansaço súbito. Parecia ter chegado ao fim de uma viagem, ao fim de todas as viagens.

Uma emoção tomou-lhe o espírito: a alegria triste, muito triste, dos momentos que se sabe passados.

As águas do lago não haviam mudado; ele que era outro.

Ainda assim, sentiu-se integrado, diluído, parte daquela imensidão que o circundava.

II

— Qual foi a última vez que você fez sexo?

Tomás pareceu surpreso com a pergunta, desviando o olhar para pensar um pouco. Após um sorriso lhe ter aparecido aos olhos, a sua boca se contraiu, transmitindo dor para todo o seu rosto. Emocionado, cobriu os olhos com a mão, balançando a cabeça.

Dra. Norma deixou-se ficar, como se não houvesse qualquer desconforto, até que ele falou:

— Foi com a Raquel, a última vez; se eu soubesse...
— E você não se masturba?
— Não.
— Não sente necessidade?

Ele balançou a cabeça novamente.

A médica o olhou com estranheza, franzindo a testa:

— Você é tão jovem!
— Às vezes eu tenho sonhos e ejaculo dormindo, mas não me lembro deles; nem sei se sonhei.
— Isto nós precisamos trabalhar, não vai muito bem. O impulso sexual, a libido como um todo, é uma força poderosíssima que não deve ser reprimida desta maneira.

Tomás, você terá de retomar a sua vida, superar esta autocomiseração, esta raiva que você alimenta contra si mesmo. Isto só faz mal a você!

— Eu sei, doutora, mas eu não consigo.

◘ ◘ ◘

Ele pensou em desistir; a ideia toda era uma besteira, uma estupidez sem limites: se não tinha mais tesão pelas mulheres que conhecia, pelas colegas de trabalho, pelas antigas amigas, por que iria gostar de estar com uma desconhecida? Isto só podia passar pela cabeça da Dra. Norma; coisa de psicanalista. Ela, coitada, está tão velhinha que nem deve se lembrar de como era. No seu tempo devia ser normal para um homem se valer de prostitutas. Hoje, não. Ninguém precisa disso.

"Puta que pariu, em cada uma que eu me meto. Vou cancelar esta merda e acho que vou parar a terapia. Tô ficando sem noção".

Quando Tomás ia buscar o celular, tocou o interfone na copa, paralisando-o.

"Será que ela já chegou? Mas ainda falta meia hora".

— Seu Tomás, a Solange está aqui em baixo; posso deixar ela subir?

— Não! Quer dizer, fale para ela esperar um minutinho.

Ele andou pelo apartamento, não conseguindo pensar em nada. Seria melhor dispensá-la, mas como faria para lhe pagar? Descer e lhe dar o dinheiro na frente do porteiro seria uma humilhação.

Resolveu, enfim. Iria dizer-lhe que um compromisso urgente surgira e que não poderia ficar. Pagaria a moça e com toda a educação se livraria do assunto!

— João, pode mandá-la subir.

Aproveitou e contou mais uma vez as notas de cem. Pensou em dar mais uma de gorjeta, mas concluiu que pareceria bobo.

Ao abrir a porta, viu uma jovem vestida de maneira elegante, cumprimentando-o de modo espontâneo. Por um átimo, pensou ser algum engano.

— Tudo bem, Tomás? Sou a Solange. Eu posso entrar?

— Entre, por favor.

— Bonito seu apartamento!

— Obrigado. Olhe, me surgiu um compromisso inesperado e eu não vou poder ficar. Mas pode ficar tranquila, a sua parte está certa.

— Não tem problema, como você achar melhor — disse ela, nem aborrecida, nem desapontada, demonstrando um quê de preocupação com ele, como se intuísse seu estado de espírito. Após receber o dinheiro, sentou-se no sofá para guardá-lo em sua bolsa, e lhe perguntou sem cerimônia:

— Você não teria uma máquina de café, teria? Estou louca por um expresso!

Ela o acompanhou até a copa, onde havia uma cafeteira, aceitando o convite para se sentar à mesa. Enquanto esperavam a máquina esquentar, Tomás falou sobre o tempo e o trânsito na capital. Por fim, serviu duas xícaras de café, dizendo:

— Também vou tomar um. Pra animar!

Antes de provar, Solange levantou a xícara num brinde:

— Ao café e tudo que ele faz por nós.

Ambos riram e ficaram se olhando alegres, como se a bebida tivesse poderes milagrosos.

De fato, ao tomarem um simples café na copa, como era comum fazer-se com um amigo, ambos se descontraíram. Tomás falou acerca das questões políticas que acabara de ver na TV e de uma porção de coisas que o preocupavam. Ficaram conversando por um longo tempo até que um silêncio surgiu, como a dizer que o café terminara.

Tomás se levantou, sem saber por que fazia isso, pois não tinha pressa alguma, no que foi imitado por ela.

— Eu acho que está na hora — disse pouco convicto.

— Que pena! O papo estava tão gostoso. Não é todo dia que se encontra alguém inteligente.

— Eu também gostei; só que...

— Só quê? — perguntou ela. — Você não quer desabafar um pouco? Tá me parecendo meio tristinho.

— Não, é o meu jeito.

Quando chegaram à porta do apartamento e Solange se aproximou para lhe dar um beijo no rosto, Tomás sentiu a fragrância e a maciez de sua pele, demorando-se um segundo.

— Me dê um abraço gostoso de despedida — pediu ela.

Ele a abraçou. De início meio constrangido, mas num instante o calor do corpo dela o dominou, fazendo com que não conseguisse mais soltá-la.

Ao entrar em seu apartamento, Solange tirou os sapatos e foi se espichar no sofá, deixando-se ficar. Normalmente, a primeira coisa que fazia era tomar um demorado banho, no qual lavava os cabelos e o próprio corpo com minucioso cuidado, para livrar-se do "suor do trabalho", conforme dizia a si mesma.

Nesta madrugada, contudo, não sentia necessidade disso.

Teve um sorriso ao se lembrar de seu cliente, que lhe pareceu extremamente carente, tratando-a como se fosse a primeira namorada. Sentia ainda o aroma de seu perfume, do seu corpo, mas isso não a incomodou. Ele era um rapaz limpo.

Fazia muito tempo que ninguém a surpreendia. Quando percebeu a excitação dele ao abraçá-la, logo imaginou que teria uma noite rotineira até se dar conta do dilema, da verdadeira angústia pela qual o outro passava. Algo muito forte o atormentava: estavam nus na cama; ele, morrendo de tesão e já a penetrando, quando seu rosto se transformou, deixando-o com um olhar distante e envidraçado. Viu partículas de suor brotarem-lhe junto aos cabelos e em cima dos lábios, enquanto seu corpo se enregelou. Assustada, pensou: "Ele está tendo um infarto; o que eu faço"?

— Tudo bem com você, Tomás?

Como ele não respondia, tentou tirá-lo de dentro de si, afastando-o devagar.

— Melhor a gente parar um pouco. Você tá se sentindo bem?

Ele só balançou a cabeça, abraçando-a com mais força. Por um minuto, ficaram assim, parados, até que a cor voltou ao rosto dele e o seu olhar pareceu revê-la. Ele a beijou com delicadeza no pescoço e começou novamente o movimento de vaivém, retomando a ereção quase perdida.

Solange estava apreensiva, sem saber se devia continuar, mas ele aparentava estar bem, possuindo-a cada vez com mais desejo, mais força, com gemidos dolorosos, a boca aberta e ofegante. Ele se entregou com tanta sofreguidão, que acabou por contagiá-la, fazendo com que gozasse também. Terminado o ato, em vez de ele se atirar de costas e dormir, como era habitual acontecer, Tomás se apoiou nos cotovelos e ficou lhe dando pequenos beijos no rosto e na testa, enquanto desembaraçava afetuosamente seus cabelos.

Por fim, deitou-se ao seu lado, estendeu a mão para pegar a dela e segurá-la, aquecendo-a.

Solange não conseguia distinguir se sentia alegria ou tristeza, satisfação ou pena daquele cliente.

🙂 🙂 🙂

— Bom dia! Tudo bem com vocês?
— Tudo bem, doutor, e com o senhor? — disseram quase em uníssono as estagiárias.

Quando Tomás entrou em sua sala, uma olhou para a outra e começaram a rir.

— Não te falei? — disse Anna, apontando o indicador.
— Alguma coisa aconteceu. Ele tá diferente! Está sorrindo; não aquele sorriso forçado de antes!
— Será que ele ressuscitou? Será que voltou à vida? — perguntou, rindo, Cibele.

Anna ia responder, mas a amiga lhe fez um sinal com as sobrancelhas, indicando a aproximação de alguém.
— Do que é que vocês estão rindo?
— De nada especial, Dra. Beatriz— respondeu Cibele.
— São as coisas da Anna.
— O que foi?
Após algum silêncio, Anna falou rindo:
— É que o Dr. Tomás está diferente; dá para ver os dentes dele quando sorri; lindos dentes...
— Que idade você tem Anna?
— Vinte e dois.
— Ele tem idade para ser seu pai!
— Belo pai; eu ia gostar — disse, caindo na risada.
— Vão trabalhar, as duas! Já pensaram se eu ponho isso no relatório trimestral? Vocês não iriam se efetivar — disse Beatriz em tom de brincadeira, continuando em seu percurso até a sala de lanches do escritório.
— Será que ela não gostou? — perguntou Cibele.
— Não, ela tá zoando.
Ao entrar, Beatriz encontrou a sala totalmente silenciosa, tendo dispensado a copeira que veio servi-la. Ela mesma escolheu um chá na adornada caixa de madeira, colocando o sachê e a água quente na xícara. Sentou-se à longa mesa de madeira e ficou pensando no que ouvira.
De fato, a estagiária tinha razão. Tomás mostrava-se mais animado, interagindo nas conversas informais do escritório, dando a impressão de ter alcançado alguma felicidade. Não voltara a ser como antes, quando sempre chegava com uma conversa engraçada, mas estava

melhorando. "É... O tempo cura tudo", refletiu, sentindo alegria pelo amigo, pois todos temeram por ele, tamanho o abatimento e a depressão pelos quais passara.

Tomás não lhe falara nada de novo, não mencionara qualquer mudança em sua vida ou algo do gênero. "Também, faz tempo que não lhe pergunto nada", pensou, recordando-se que paulatinamente foi deixando as perguntas de lado. Não que fosse desinteresse ou falta de consideração. O problema era que qualquer menção ao ocorrido deixava Tomás ainda mais triste, sendo visível o esforço que fazia para não cair em lágrimas. Isso causava constrangimento mútuo, impedindo os amigos de tentar confortá-lo. Com o tempo, pensou, todos foram se afastando, não o convidando mais para sair ou para um jantar em casa.

Beatriz soltou um suspiro cansado. "Não foi por culpa minha, mas não deveria ter acontecido dessa forma", pensou, sentindo uma espécie de raiva indistinta.

No salão superior do clube, aos sábados à noite, funcionava a "discoteca", onde os sócios adolescentes e seus convidados iam dançar e namorar, como se estivessem numa real danceteria ou boate. Havia quatro enormes caixas de som, lâmpadas de efeito especial — chamadas de luz negra — e uma pista de dança ao centro. Apesar do improviso, o local era bastante agradável, cercado por terraços com vistas para a piscina iluminada e quadras de tênis, ambas cercadas de árvores centenárias.

Tomás andava de um lado para outro, com um copo de refrigerante na mão, fingindo estar perfeitamente à vontade. Na verdade, embora possuísse amigos no clube, não sabia *ser* como os outros, falar as coisas que falavam ou se comportar daquele modo arrogante e inconsequente, comum à adolescência na fartura. Era o único a não fumar e a não beber. Jamais roubara o carro dos pais para ser pego pela polícia ou dar uma grande trombada. Não se metia em brigas, nem fora expulso de nenhum colégio.

— Tomás! Chega aqui!

Com surpresa, notou que Rui o chamava. Ele era um dos ídolos dos rapazes, contando já com vinte e um anos, físico de homem adulto e possuidor de uma das raras motocicletas da cidade. Ao seu redor estavam os jovens de maior prestígio no clube e alguns de seus amigos. Todos fumavam, segurando os cigarros de um modo meio clandestino, que além de frisar a proibição, dava-lhes um aspecto viril.

Tomás foi se acercando, feliz pelo convite, mas um pouco constrangido, pois não sabia como se comportar ou o que falar. Todos o receberam com um sorriso, incluindo três de seus amigos e colegas de classe.

— Te chamamos aqui para te dar um toque — disse Rui, ao que os outros anuíram:

— É isso aí. Podes crer!

— Você conhece a Rafi, não conhece?

— Conheço!

— E então, cara? Ela não é uma gata?

— É...

Rui, então, contou-lhe uma novidade espetacular: a Rafi estava "a fim" dele; já tinha feito de tudo para chamar a sua atenção e ele não percebia. Todas as meninas sabiam que ela queria ser beijada por ele e pedida em namoro.

— Ah! Não pode ser. Ela nem me olha!

— Qual é? Não sabe perceber as coisas!

Os amigos em volta confirmaram. A irmã de um deles teria jurado. Já estava ficando chato; acharam melhor contar.

Aquela notícia deixou Tomás atordoado de alegria, sendo que ele não conseguia entender bem como tal fato ocorrera. Riu para os amigos e procurou manter certa

naturalidade, mas estava tão exaltante que gostaria de sair dando pulos. Um fio de pessimismo fê-lo ainda questionar:
— Vocês têm certeza?
— Porra! Tá duvidando da gente?
— Não, é que...
A seguir lhe foi explicado que Rafi iria esperá-lo ao lado da quadra principal, ali embaixo, a uma dezena de metros de onde estavam, fingindo que não sabia de nada. Era para ele "mandar ver".
Tomás sentiu um frio na barriga e, incapaz de qualquer reação, disse apenas:
— Eu já volto!
Desceu as escadas apressadamente como se tivesse algum lugar para ir; parando no salão social, onde senhores conversavam e jogavam cartas. O que iria fazer? Pensou. Como ficou ali parado, uma conhecida de sua mãe lhe sorriu e perguntou:
— Está precisando de alguma coisa?
— Não, obrigado — respondeu, saindo imediatamente pelo corredor. Entrou no banheiro social, encontrando-o vazio. Olhou-se no espelho e viu um sorriso medroso. Cruzou fortemente os braços, apertando-os, e ficou andando de um lado a outro. Estava radiante. A Rafi era tão linda. Talvez fosse o dia mais feliz de sua vida. Mas o que fazer? Jamais tinha beijado alguém na vida. Ele vira filmes e lera muitos romances nos quais os personagens sabiam como beijar uma mulher. Se ao menos pudesse falar com seu primo mais velho que já tinha namorada, lamentou-se, tentando imaginar o que ele faria.

Tinha de tomar coragem e aproveitar a chance única na vida! Faria como nos livros! Iria segurá-la nos braços e envolvê-la num beijo demorado!

O tempo urgia; respirou fundo e voltou à discoteca para certificar-se uma última vez. Os amigos pareciam esperá-lo. Chamaram-no novamente com gestos de mão.

— Olha lá! — disse mais de uma voz, tendo Rui apontado com o indicador.

Da beirada do terraço, olhou e viu Rafi ao lado da quadra principal, de pé, sozinha, esperando por alguma coisa. Sentiu forte emoção e alegria indizível.

— Vai lá! Vai lá! É a sua vez!

Desceu correndo as escadas e, antes de chegar aos jardins do clube, parou para respirar. Não poderia chegar ofegante. "Droga; já devo estar com as bochechas vermelhas". Uma, duas, três respirações.

Ao sair ao ar livre, notou que a noite estava fresca e enluarada. Procurou caminhar sem correr, indo na direção dela com um sorriso no rosto. Ela também sorriu ao vê-lo, como se tivesse uma agradável surpresa. Assim tão próxima, Rafi parecia ainda mais bonita.

— Tudo bem? — perguntou Tomás para puxar conversa.

— Tudo.

Por tempo indeterminado, que lhe pareceu uma eternidade, ficou mudo e inerte, como se o roteiro planejado tivesse se esvanecido de sua mente. Num impulso, pegou nas mãos de Rafi e lhe disse:

— Você é tão linda!

Ela sorriu, olhando-o de modo curioso. Num milionésimo de segundo, Tomás se perguntou o que seria melhor: beijá-la e pedi-la em namoro ou o contrário. Temendo perder a coragem, puxou-a para si, encostando seus lábios aos dela.

— Que isso? — Quase berrou Rafi, afastando-o com as mãos.

Confuso, Tomás tentou remediar, perguntando-lhe numa voz suave:

— Você quer namorar comigo?
— Eu não! Por quê? Você tá maluco?

🔳 🔳 🔳

O tempo parou de fluir, parecendo um pesadelo angustiante do qual Tomás não conseguia acordar. Tarde da noite, já de madrugada, ele se revirava na cama, cansado de manter os olhos fechados.

Sentia uma vergonha terrível. Lembrava da expressão constrangida de Rafi, pedindo-lhe que não falasse mais nada e a deixasse voltar à discoteca.

Havia também a raiva, que corroía seu estômago e seus músculos, como a forçá-lo a esmurrar novamente a parede. Por fim, pela primeira vez na vida, provou o desgosto pela espécie humana.

Era estranho: após Rafi afastá-lo com as mãos, notou que algo, às suas costas, chamara a atenção dela, pois olhava interrogativamente para o terraço do clube. Tomás seguiu seu olhar para ver Rui e todos os seus amigos rindo, gargalhando e se confraternizando, como jogadores após um gol. A percepção do ridículo fulminou-o feito um raio inesperado, paralisando-o.

Ele ficou olhando para a quadra de tênis, sem saber o que fazer; queria desaparecer, sumir dali, não ter de caminhar sob a atenção debochada de todos.

Quando se é mais velho, as inquietudes, os anseios, os medos e, para dizer a verdade, os próprios amores da adolescência parecem uma coisa infantil, insignificante.

Na verdade, não é assim.

Quem sofreu um amor não correspondido (não importa como ele começou) sabe o quanto dói.

Todas as coisas do dia, a existência em si, dirigem-se ao ser amado, não fazendo diferença se ele nos vê ou não, se nos percebe ou se corresponde às nossas atitudes.

Vive-se uma *não vida*. Os dias, os amigos, a família, passam como se não existissem, apesar de se os constatar vazando pelas mãos.

Quanta dor se sente no primeiro amor.

Como é que ele ocorre?

Quem o poderá explicar?

O fato é que Tomás apaixonou-se por Rafi, de um modo absurdo, inapropriado, idiota mesmo, pois, de todas as meninas do clube, ela era a única que o rejeitara, que estava além de seus estreitos limites, da sua timidez e de seu orgulho próprio.

A partir daí, a sua atenção se voltou toda para ela: saltava do alto trampolim para impressioná-la, falava as suas melhores ideias numa rodinha em que ela estivesse, dançava agarrado a uma amiga na frente dela. Rafi parecia observá-lo, sorria e lhe transmitia a impressão de também gostar dele.

Ocorre que Tomás jamais tentaria uma segunda vez, não depois de todo aquele vexame.

Certa noite, Tomás foi jogar cartas na casa de um amigo cujos pais haviam viajado. Sentados no chão, todos fumavam e tomavam cerveja. Ele não pedira nem água. Estava se divertindo, quando Ivan, irmão mais novo de Rui, anunciou:

— Estou namorando a Rafi!

— Cara, fala sério! Que tesão! Uuuuu! Vai passar bem!

— disseram os jogadores.

Tomás sentiu uma paulada na cabeça. Sem querer, sacudiu-a como a afastar uma tontura ou insetos ao redor dela. Esperou para a trágica notícia se confirmar:

— Eu pedi ela ontem à noite! Fomos naquele cantinho da piscina e nos beijamos!

— Caralho! E ela te beijou?

— Ela é novinha, não sabe das coisas!

— Legal! Grande Ivan! Tá com tudo; sorte no amor e no jogo!

Se alguém pudesse se sentir o menor homem do mundo, essa pessoa seria Tomás. Além de seus amigos terem esquecido o trote que lhe pregaram, desconheciam seus sentimentos por Rafi. Teve vontade de se levantar e ir embora, mas se conteve: "não podia passar recibo".

Sem que os amigos percebessem, quando o dono da casa trouxe mais cervejas, Tomás pegou uma para si.

A conversa prosseguia, o jogo era jogado, as rodadas de cervejas se seguiam, enquanto ele sofria o drama solitário, fingindo participar. Sentia-se num quarto escuro, com paredes geladas que não conseguia enxergar.

O álcool fez seu efeito, principalmente num iniciante. Por sorte, ponderaria Tomás depois: a tristeza que sentia, a depressão na qual mergulhou era tão profunda, que não conseguiu compartilhá-la com ninguém.

"Ele bebeu demais". "Tomou todas". "É um cabaço".

Na verdade, a sensação de perda era horrível. Perda da paixão de sua vida, perda da chance de conquistá-la. Tomás ainda sentia o tato suave dos lábios de Rafi, roubados numa precipitação. Como ele queria *voltar no tempo*, aproximar-se dela calmamente, contar-lhe as coisas em que pensava, mostrar-lhe o seu mundo, rirem de suas bobagens e de seus sonhos malucos. Como queria não ter sido enganado, não ter sido tão tolo.

Agora, restava-lhe a vergonha, a saudade do que poderia ter sido.

Naquela noite, ao chegar em casa, Tomás hesitou entrar; apoiou-se no portão e, ao invés de abri-lo, apenas encostou sua testa nele, como se aquele silencioso amparo de madeira pudesse acolhê-lo por toda a noite.

Ele olhou e viu uns policiais militares vindo (morava na esquina do quartel); eles conversavam animados, indo para o turno de trabalho. Ficou com medo por estar ali assim, escorado no portão de casa, depois de ter bebido. Virou a maçaneta e entrou, acompanhado de sua solidão. Trancou o portão e começou a chorar. No início, um choro lamuriento, quieto, que se transformou numa inundação de soluços e lágrimas.

Um empurrão às suas costas assustou-o: era Japi, seu enorme pastor alemão. Aquilo o irritou sobremaneira, fazendo-o chutar o cão, para que se afastasse e o deixasse em paz. O pobre animal ganiu e ficou a alguns metros dele, observando-o.

Tomás temeu entrar em casa e encontrar o pai. Estava tonto, percebia que cambaleava, sentia o hálito do álcool. Deixou-se cair no gramado, sentando-se ao luar.

Aos poucos, o fato de estar em casa, naquele ambiente conhecido e acolhedor, fê-lo sentir-se um pouco melhor. Olhou a lua, intuindo que as coisas grandes e eternas sobreviveriam às suas angústias. Riu entre choros. Fez um som com a boca, um lamento estridente, que arregalou os olhos e as orelhas do cão. Japi pedia-lhe autorização para se aproximar e abraçá-lo, ciente de sua dor. Tomás riu para ele e falou, em voz baixa para não despertar ninguém:

— E aí Japi? Vem cá, vem!

Foi o quanto bastou. O pastor alemão sorriu com seus grandes dentes e veio lambê-lo, cutucando-o com suas patas, enquanto deitava-se ao seu lado para ser acarinhado. Tomás o cheirou, sentindo o cheiro de um grande amigo. A cada abraço, vinha uma lambida áspera e úmida. Ficaram ali por um longo tempo; o suficiente para alguém se sentir amado.

IV

—Se você se sentiu bem; então?
— A senhora não entende; não foi assim. Eu me senti mal o tempo todo... principalmente no começo. Parecia que eu estava traindo a Raquel, traindo tudo que tivemos...

Tomás parou de falar e pensou por um instante, antes de recomeçar.

— Foi uma coisa só física, mas foi gostosa... Quer dizer, teve carinho também e é isso o que me agonia... Como eu pude ser tão carinhoso com uma prostituta, como eu era com a Raquel...? Eu tratei as duas igual... Isso não tá certo.

— Ah, doutora, eu estou confuso. Depois eu me senti bem, muito bem. Acho que era o uísque, sei lá. Quando ela chegou, eu fiquei puto da vida, pensei até em parar a terapia.

— Por quê?

— Achei a sua ideia nada a ver.

— Minha ideia?

— Não foi a senhora que sugeriu uma garota de programa?

— Não, foi você quem disse... Deixe-me lembrar; isto: "se eu não sinto mais atração por mulher nenhuma, só se procurar uma prostituta". Eu apenas o escutei e anuí. Pelo que vejo no consultório, muitos homens, e até mulheres, suprem deste modo as suas carências, a sua própria autoestima. Não me cabe e eu nem saberia julgar.

    🔲   🔲   🔲

Parado no trânsito congestionado, Tomás desligou o rádio com irritação; precisava pensar e aquilo atrapalhava. O fato era que desde que saíra da sessão, a lembrança de Solange ocupava sua mente. Ela lhe dera seu número pessoal, conhecido só pelos amigos e pela família, dizendo-lhe para ligar quando quisesse conversar ou tomar um café. Se ela não atendesse era porque já tinha um compromisso; do contrário, adoraria falar com ela.

Tomás ponderava ser uma terça-feira, imaginando se seria um dia movimentado para ela. Gostaria de encontrá-la, mas desde que fosse agora. Se ela não atendesse, o número dele ficaria registrado e ela retornaria depois, o que ele não queria. Droga! Que coisas tinha afinal para lhe dizer? Marcaria numa cafeteria ou já a convidava para jantar de uma vez?

Não conseguia se resolver. No fundo sabia estar dando um passo rumo a algo desconhecido, que lhe parecia de certo modo perigoso, embora não distinguisse com exatidão. Sempre tomava decisões por impulso e já se arrependera muito.

Vou ligar e pronto!

◙ ◙ ◙

A garrafa de vinho estava por terminar e Tomás não sabia quem era a pessoa à sua frente, o que sentia, nem o que deveria pensar. Quando Solange desceu do flat onde morava, com os cabelos ainda molhados e um vestido simples, que só de leve deixava ver sua silhueta e pernas torneadas, Tomás pensou, num átimo, que ela parecia tudo: uma prima do litoral, uma colega de faculdade ou do trabalho, menos uma prostituta.

Isso, naquela fração mesma de segundo, trouxe um sentimento de alegria, seguido pelo de tristeza. "Puxa, que pena!", pensou.

Estes sentimentos, em diferentes nuances, perseguiram Tomás por todo o jantar. Quando Solange ria divertida de uma coisa que falava, quando atenta escutava uma explicação, ele sentia o prazer do compartilhamento, da empatia, mas era assolado por duras indagações: ela seria assim com todos, estaria sendo sincera, esperava por um pagamento depois?

Tomás achava seus próprios questionamentos cruéis, como se Solange não fosse também um ser humano, uma mulher como outra qualquer. Irritava-se consigo mesmo ao perceber que em vez de simplesmente curtir aquele momento agradável, ficava a conjecturar, a racionalizar emoções e a se preocupar com um futuro tão incerto, que nem este nome mereceria. "Ó, mente, por que não me abandonas?", disse a si mesmo num tom profético, como se fosse religioso e se dirigisse a um Deus desconhecido.

— Você está preocupado com alguma coisa?

— Não, não é nada. Eu é que já nasci preocupado!

— Então relaxe! Li que se você anotar as suas preocupações hoje e for lê-las daqui dez anos, noventa e nove por cento eram bobagens!

— É bem possível — disse ele, rindo.

Solange, então, contou-lhe um caso de sua infância, uma história engraçada que teve o dom de afastá-lo de suas conjecturas. A partir daí, Tomás não pensou em mais nada, usufruindo apenas da beleza e da companhia dela. Quando o garçom lhe trouxe a conta, não havia dúvida em seu espírito: ele não a deixaria ir embora assim.

— Vamos ao meu apartamento tomar um café e um licor!

Solange sorriu e disse:

— Você leu o meu pensamento.

Ao chegarem, antes das bebidas, os dois se beijaram e foram para a cama com a pressa do desejo; o café e um pedaço de bolo de chocolate que havia foram consumidos horas depois, os dois enrolados em toalhas e de pé na cozinha.

Tomás pediu à Solange que dormisse com ele aquela noite. E isso foi o que aconteceu.

V

Beatriz sentiu um desprazer, tipo contrariedade não definida, quando escutou a porta abrir. Era Ricardo que chegava. Sentiu, também, ligeiro peso na consciência ao vê-lo sorrir e acenar para ela.

Sabia, contudo, que seu tempo consigo mesma terminara.

Ao voltar para casa, após a jornada de trabalho, Beatriz gostava de se sentar na sala de seu apartamento, com vista para a rua arborizada, de tomar uma taça de vinho, sem nada falar ou fazer. Primeiramente, pensava nas coisas do dia, avaliando-as com calma; depois seguia por reflexões mais profundas, revisitando seu passado. A sensação que lhe vinha misturava felicidade e um quê de resignação, que ela própria não distinguia a origem.

Ricardo vinha lhe dar um beijo e se sentava ao seu lado. Invariavelmente, pegava suas mãos com alegria e se punha a falar das coisas ocorridas no hospital, das conversas com os amigos e dos planos para o fim de semana.

Beatriz sorria e o convidava para tomar uma taça, embora soubesse que o marido iria recusar: ele só bebia com os amigos quando saiam em grupo. "Senão", dizia, "onde essa barriga vai parar?". A seguir, Ricardo ia tomar seu rápido banho e voltava para assistir aos noticiários da noite. Ela gostaria de pedir-lhe que o fizesse na saleta íntima, onde havia o *home theater*, ou num dos quartos, mas acabava por se levantar e ir preparar alguma coisa para comerem.

Assim, os dias iam passando de forma pouco perceptível, sem que algo lhes marcasse a identidade. Não que fossem desagradáveis ou houvesse neles o que lamentar. Pelo contrário, viviam num excelente padrão de vida, desfrutando de todas as coisas que o dinheiro pode trazer; tinham um círculo grande de amigos e não faltavam ocasiões para festas ou jantares.

Beatriz se definia perante si mesma como "uma mulher muito feliz", realizada na profissão e amada pelo marido. Tinha, ademais, consciência de que este estado de felicidade fora conquistado à luta pessoal, tanto para superar as vicissitudes da vida, como para se afirmar como ser humano. Nem sempre fora assim. Houve momentos a enfrentar...

◘ ◘ ◘

Ao voltarem de um jantar com amigos, Beatriz só queria tomar uma leve ducha, pôr a camisola e ir se deitar; leria uma revista de turismo que comprara na véspera enquanto o sono permitisse, calculando em cinco minutos, no máximo, até afundar a cabeça no travesseiro e dormir. Quando saiu do banheiro, deparou-se com Ricardo deitado na cama, nu, olhando para seu celular. Ouviu gemidos e um diálogo em inglês, que reconheceu como dos filmes eróticos que ele se acostumara a ver. Aquilo lhe trouxe irritação, pois só pretendia descansar após o longo dia.

Na verdade, o aborrecimento advinha mais da falta de contexto, do hiato entre a atitude do marido e as circunstâncias daquele momento: os dois haviam enfrentado jornada extenuante no trabalho, atrasando-se para o compromisso na casa da amiga, onde ficaram até o início da madrugada; lá chegando, pouco falaram um com o outro, separados em grupos de homens e mulheres. No percurso de volta, apenas expressaram o cansaço e o fato de terem comido demais, ansiando pelo fim da noite. Assim, o súbito desejo do marido lhe parecia totalmente fora do clima.

— Ricardo, eu vou dormir!

— Venha aqui um pouquinho, olha isto — disse-lhe, mostrando a tela do celular.

— Amor, hoje não estou com vontade! Estou louca para dormir.

Quando ela se deitou, Ricardo passou-lhe as mãos pela coxa e segurou em seu peito pela abertura da camisola. Quis lhe dar um beijo com hálito de álcool, do forte vinho bebido.

— Para com isto! Você não me ouviu! — disse, afastando sua mão.

— Não precisa ser grossa!

— Você é que está sendo com essa insistência!

— Só por que quero transar com a minha mulher?

— Tudo tem hora!

O que Beatriz menos queria acabou por acontecer: uma discussão sem nexo foi tomando vulto até alcançar um ponto delicado da relação entre ambos, que deveria ser cuidado em melhor ocasião. Após Ricardo afirmar que "assim seria difícil ter filhos", ela lhe respondeu que o "problema não era *este*".

Beatriz se lembraria, para sempre, da expressão de tristeza no rosto do marido. Desconcertado, como que atingido por uma bala no peito, ele primeiro procurou uma toalha para cobrir-se, depois andou de um lado a outro do quarto, sentando-se na beirada da cama, com a cabeça baixa e os braços apoiados nos joelhos. Ela lhe disse com todo o carinho que eles transavam bastante, muito mais que a média, e que deveria haver uma razão para que não engravidasse. À sugestão dele para que procurasse um médico, um especialista, ela sentou-se ao seu lado, abraçou--o, deu-lhe um beijo no rosto e contou que já o fizera: tudo estava bem *com ela...*

Beatriz pôde avaliar o que sentia o marido naquele instante. Vindo de uma família numerosa e unida, contando já com muitos sobrinhos aos quais amava como um pai, Ricardo mal podia esperar pelo próprio filho. Sabendo que ela tinha traçado os seus planos profissionais, que implicavam a assunção de cargos cada vez mais elevados no escritório para o qual trabalhava — verdadeira empresa multinacional — o marido fingia não ter pressa na paternidade, esperando o momento adequado. No dia em que Beatriz lhe comunicou que poderia engravidar quando eles quisessem, não havendo mais óbices da profissão, ficou tão feliz que parecia um novo homem, alegre como ela jamais vira.

Ocorre que os meses foram passando até somar anos, fazendo-a desconfiar de sua fertilidade. Como não ansiasse por filhos, pelo menos naquele momento da vida, não se preocupou, mas resolveu fazer alguns exames médicos. Certificou-se, então, da ausência de qualquer problema. Restou-lhe o dilema da atitude a tomar: comunicar ao marido para que ele procurasse ajuda médica, ou deixar simplesmente o barco correr, consciente de que ele se angustiaria com o problema. Optou pelo segundo caminho, na esperança de uma solução natural.

A decisão não se mostrou a melhor escolha, pois o desejo obstinado do marido, transformou a vida sexual de ambos numa obrigação não percebida. Beatriz demorou-se até se dar conta disso e, quando o fez, ficou igualmente inerte, até que a bolha estourasse numa agressiva discussão.

VI

Certo dia, ao sair da praia em direção à sua casa, Tomás se emparelhou com uma mulher muito bonita, que também caminhava em direção ao calçadão. Olhou-a, protegido pelas lentes escuras dos óculos, vendo que ela o fixava atentamente. Era uma mulher mais velha do que ele, devia ter uns trinta e cinco anos, calculou, mas tinha um corpo esguio e musculoso, como poucas meninas. Ao chegar à beira da calçada, à faixa de pedestres, embora o sinal estivesse verde, fingiu esperar pela passagem, aguardando que ela o ladeasse. Se perguntou se aquilo pegaria mal, mas assim mesmo esperou. Ele sorriu para ela e, felizmente, o semáforo já estava vermelho. Ela devolveu-lhe o sorriso. Os segundos passavam a jato. Se não dissesse nada, jamais a veria novamente. Tomás tentou lembrar-se de todas as coisas interessantes que lera nos últimos tempos, mas nenhuma servia.

O sinal abriu, eles se olharam como pela derradeira vez.

Tomás disse, enfim:

— Que calor, hein?

Em retribuição, ela lhe deu o mais caloroso dos sorrisos.

Foram conversando até que chegassem a uma esquina, quando ela disse:

— É melhor a gente dar tchau aqui.

Sem saber se estava incomodando, ele arriscou:

— Que pena!

— Também acho.

Confuso, e sem querer se despedir, ele arriscou:

— Você não quer tomar um chope hoje à noite?

— Não posso.

— Então... tchau... Legal conhecer você — demorou-se a dizer.

Tomás não sabia se lhe dava um beijo de despedida, se a cumprimentava ou se fazia um gesto com a mão. Acabou por dar um sorriso e seguir em frente, quando ela disse:

— Hoje à tarde eu posso.

— Hoje à tarde? — repetiu feito um bobo.

— É, lá pelas três.

Naqueles tempos, Tomás fazia estágio num escritório de advocacia, não podendo perder o trabalho.

— E umas seis e meia, o pôr do sol vai estar lindo!

— Pra mim não dá.

凵 凵 凵

Após muito relutar, Tomás ligou para o Dr. Ewaldo.

— Dr. Ewaldo, eu vou ter que faltar hoje.

— O que houve, Tomás?

— Eu tive um problema.

— Alguma coisa em que eu possa ajudar?

O Dr. Ewaldo era um chefe tão legal e amigo que ele sentiu vergonha de mentir.

— Pra dizer a verdade, é uma mulher com quem só posso sair hoje à tarde.

Tomás sempre se lembraria da alegria manifestada pelo outro. Como um pai que recebe uma confidência de um filho, Dr. Ewaldo se solidarizou imediatamente com ele, autorizando-o e lhe perguntando se não precisaria de um adiantamento de salário.

Só quando Tomás encostou seu carro ao lado do shopping, como combinado, deu-se conta de que não sabia o nome dela, nem, na verdade, qualquer coisa a seu respeito. Riram, falaram bobagens, se olharam com atração, mas quem seria ela, o que pensava, como seria a sua vida?

Não teve tempo para maiores questionamentos, pois, embora ainda faltassem vinte para as três, ela apareceu por uma porta lateral, vindo em sua direção. Estava linda! Vestia uma blusa marrom escura, com detalhes em azul, que lhe realçavam os cabelos loiros. A bermuda branca, curta e esfiapada, deixava ver suas coxas fortes e bronzeadas.

Ele sentiu uma feliz ansiedade!

Ao vê-la entrar no carro, para quebrar a inibição, disse:

— Muito prazer, eu sou Tomás!

Ela riu da situação e completou:

— Prazer, Vânia.

Ele ligou o motor e partiu, não sabendo exatamente para onde ir. Ligou o rádio e fingiu procurar uma emissora enquanto pensava num milhão de coisas. Fez alguns comentários displicentes, aos quais ela respondeu amável e sorridente. Observou que ela não usava aliança, mas parecia preocupada com os carros vizinhos ao pararem nos semáforos, como se não pudesse ser vista ali.

Temendo cometer algum descuido, já que a situação lhe era esdrúxula, Tomás por fim comentou, à guisa de pergunta:

— Eu conheço vários barzinhos legais, mas não sei se já estão abertos...

— Barzinho não! Vamos ficar sozinhos!

Meio surpreso, ele disse no tom mais natural que pôde:

— Tem um motel lá na Praia Grande...

— Então vamos, confirmou Vânia alegre.

"Nunca foi tão fácil", pensou Tomás, incapaz de entender o que sentia. Por um lado, conquistara uma mulher linda, mas por outro... O que sentia? Melhor não pensar.

No primeiro sinal em que pararam, Tomás virou-se e olhou para Vânia, que, após um sorriso, deixou os lábios entreabertos. Ele a beijou por gosto, mas também porque achou estranho chegar num motel sem ao menos uma carícia.

Tomás estacionou o carro no box informado. Havia uma escada metálica em caracol que dava para o quarto. Por educação, foi à frente de Vânia, e sentiu um beliscão na bunda:

— Vamos, lindinho!

Ao entrarem no quarto, Vânia o abraçou e eles deram um longo beijo; ela jogou a cabeça para trás, sorrindo, o que fez que seus seios subissem à altura da boca de Tomás. Ele a beijou entre os seios e os apertou com as mãos, sentindo-os gostosos e fartos.

— Me deixa tirar a blusa senão vai amassar — ela disse, desabotoando e tirando a camisa. Usava um sutiã branco, rendado, que contrastava com o seu bronzeado. Quando Tomás se aproximou para beijá-la novamente, ela pegou em sua mão e o puxou, indo em direção à cama.

Quando se sentaram na cama, ela deitou-se e lhe pediu:

— Me dá um beijo.

Tomás beijou-a, percebendo a alegria que ela sentia.

— Tire meu sutiã!

Ele tentou abrir o fecho atrás das costas, mas teve dificuldade, pois algo prendia os encaixes. Vânia ergueu-se um pouco sobre os cotovelos e com uma só mão abriu o sutiã.

Tomás viu as marquinhas do biquíni, onde estavam os mamilos arrepiados, cercados de pequenos pontos na pele. Beijou-os para chupá-los. Assim que começou, ela disse:

— Tira a minha bermuda!

Tomás obedeceu, desabotoando e puxando para baixo a bermuda.

Ela usava uma calcinha minúscula, que deixava entrever seu púbis.

— Vai, lindinho!

Tomás extasiava-se com a visão daquele corpo perfeito, mas alguma coisa, uma nuvenzinha negra, desagradável, na velocidade incrível dos pensamentos indesejados, perpassou-lhe a mente.

"Lindinho"?

Tomás queria ter ido. Algo, porém, o impedia. Ele não sabia o que era.

Disse apenas:

— Você está feliz?

— Tô, sei lá, não esquenta, amor!

— Amor?

— Ai, lindinho, o que foi?

— Você é casada?

— Pussf! — soltou Vânia num suspiro — O que é isto, amor? Vai me fazer um interrogatório agora? — disse, sentando-se na cama.

— Não... Eu só queria conhecer você um pouco mais. Conversar sobre a vida, sei lá, te contar algumas coisas.

— Amor, eu não sou sua namoradinha. É isso que você quer?

Essas palavras atingiram Tomás com todo o peso da tristeza que havia em sua vida e que ele fingia não sentir. Uma cólera antiga, posta de lado em algum lugar, subiu pelo seu peito.

— E você? Não quer um marido de verdade? Alguém que possa te amar?

— Eu não quero nada, só...

Ela não terminou; sua expressão, contudo, murchou como a de uma flor esquecida e de pétalas caídas. Da alegria exagerada ao desânimo, não foram mais que segundos.

Vânia se levantou da cama, só de calcinha, foi até a janela fechada e voltou um pouco, sem saber aonde ir. Entrou no banheiro e fechou a porta atrás de si. Tomás, ainda todo vestido, sentou-se na beirada da cama, as mãos cruzadas sobre o colo; foi a sua vez de suspirar. "Que merda!", pensou, sentindo-se arrependido de seu comportamento, de tudo.

Após longos minutos, Vânia abriu a porta e veio sentar-se ao seu lado; estava enrolada numa toalha e tinha os olhos vermelhos e lagrimosos.

— Me desculpe, tá? Eu me comportei feito uma prostituta! Eu acho que tô vivendo na lua nestes últimos tempos.

— Não... Eu é que sou complicado; sempre invento um problema. Não sei o que me deu.

— Você tava certo, queria saber sobre mim.

Ela pegou nas mãos de Tomás, sorriu triste e disse numa voz que tentava ser alegre:

— Eu sou casada há doze anos, tenho um filhinho lindo de oito, e só não me separo por causa... Porque sou medrosa e não saberia como viver.

— E você?

— Eu, nada... Devia era ser muito feliz.

Vânia se surpreendeu quando ele lhe contou que nunca tivera uma namorada, que saia de vez em quando, mas ficava a maior parte do tempo sozinho. "Meu Deus! Meninas, acordem!", pensou, olhando para aquele rosto à sua frente. Ela intuiu, no entanto, alguma grande decepção amorosa a dar tristeza e substância à personalidade de Tomás.

Soube que ele vivenciara uma paixão platônica; uma história ingênua de um beijo tentado e recusado que o marcara profundamente. "Mas foi só isso?", inquiriu, não conseguindo imaginar como tal coisa poderia ter acontecido. Tomás contou-lhe que continuou a encontrar a menina no clube, em festas, na saída do colégio, apenas como *amigo* ou nem isso; que jamais iria declarar-se novamente. Por fim, ela começara a namorar outro rapaz e as coisas terminaram aí.

— O pior é que quanto mais o tempo passa, pior fica — disse Tomás, abaixando a cabeça.

Vânia, comovida, teve vontade de abraçá-lo, mas segurou as mãos dele, balançando-as com força:

— Não fique assim; tudo vai se arranjar no futuro!

— Você não gosta mais do seu marido?

— Gosto... Ou já gostei. Ele mudou tanto, e eu também. Sinto que ele perdeu toda atração que sentia por mim. Parece que minha companhia o irrita. Só que ninguém tem coragem de tomar uma atitude.

— Eu sei... Eu também não consigo gostar de mais ninguém!

— Você é muito novo, vai se apaixonar novamente em pouco tempo.

— Acho que não. Já saí com tantas meninas, mas eu queria mesmo era estar com ela!

Tomás contou-lhe que passava em frente à casa de Rafi várias vezes ao dia, na esperança de a encontrar sozinha e, quem sabe, iniciarem o diálogo que nunca tiveram. Mas isto não aconteceu. Houve até uma ocasião em que acreditou na mudança de sua sorte: era um fim de tarde chuvoso, Tomás saíra do escritório e passara pela casa de Rafi — estava vestindo um terno novo e sua melhor gravata — quando a viu no portão. Tinha a desculpa de lhe oferecer uma carona. Desceu do carro e foi ao seu encontro. Rafi o tratou com simpatia, mas manteve uma indiferente distância, como se ele fosse um mero conhecido. Havia tanta coisa que ele queria dizer... Talvez mencionar o beijo tentado, explicar-lhe, contar-lhe o que sentia desde então.

— Mas a distância só crescia, eu me sentido cada vez mais bobo, tentando daquele jeito.

Tomás parou de falar, contraiu a mandíbula e lágrimas silenciosas escorreram por sua face.

— Não fique assim, Tomás, tudo vai acabar dando certo — disse Vânia enquanto lhe acarinhava os cabelos e lhe dava pequenos e carinhosos beijos. Abraçaram-se por um longo tempo.

VII

Solange viu que Tomás a esperava fora do carro, com um sorriso no rosto e de modo meio estranho. Ele se aproximou com uma mão às costas e, após rápido beijo, disse-lhe:

— Trouxe pra você!

Mostrou-lhe um buque de rosas vermelhas, cujos botões começavam a se abrir, envoltos num delicado arranjo.

Solange pegou as flores, olhou-as sem expressão, cheirou-as uma vez, duas, demorando-se ao fazê-lo, como se estivesse sozinha num jardim.

— Obrigada.

— Você não gosta de flores?

— Gosto muito.

Ao entrarem no carro, Tomás percebeu que alguma coisa não ia bem: Solange, normalmente alegre e falante, parecia-lhe mergulhada em pensamentos obscuros, ensimesmada, embora procurasse sorrir e anuir ao que ele falava.

— Qual restaurante você prefere? Aquele da semana passada estava ótimo!

— Pode ser.

Solange sentia como se tivesse um nó na garganta. Tudo o que ela queria era desaparecer, indo para um local vazio e inabitado. Não poderia chorar tudo que havia nela na presença dele.

Ela nunca ganhara flores!

Nem de um namorado, nem dos pais, nem de um amigo.

▣ ▣ ▣

Não foi de imediato que Solange percebeu a mudança que ocorrera em sua vida, em si mesma. Como acontece sempre, sem que nos demos conta, um novo caminho se esgueira em nossos planos, alterando-os paulatina e minimamente a cada dia, até que não possamos, ou mesmo queiramos, voltar à rota original.

Recordando o primeiro encontro com Tomás, Solange suspirou entristecida, sorrindo dela mesma, por não atinar que aquele banho não tomado, após a relação sexual, era o alerta mais evidente para que se acautelasse. Para uma puta, como ela própria se definia, duas coisas deviam ser peremptoriamente evitadas: pegar uma doença venérea ou começar a gostar de alguém.

Temia muito a primeira, tomando exagerados cuidados na higiene pessoal e nos contatos com os clientes. Quanto à segunda, julgava-se vacinada e imunizada por toda a vida. Nem que quisesse, depois de tudo pelo que passara, poderia se envolver com um homem, apaixonar-se, respeitá-lo e, principalmente, sentir-se amada. Isto não existia *de verdade* no mundo. Havia a conveniência, o desejo sexual inicial, o sentimento de posse e muitos outros interesses subalternos. A tudo isso dava-se o bonito nome *amor* e a sociedade fingia acreditar.

O problema para ela era que, embora soubesse dessa realidade, começara a se comportar de modo diferente. No dia seguinte ao que conhecera Tomás, sentiu uma preguiça danada de trabalhar e desmarcou o encontro com outro cliente, deixando-o furioso. "Nunca mais a procuraria", disse ele. Não se importou. Queria curtir aquela sensação de carinho que lhe ficara impregnada no corpo e no espírito. Como uma adolescente, deixou-se ficar a imaginar se ele lhe telefonaria uma outra vez.

Quando isso aconteceu, no fim de tarde em que ele a convidou para jantar, não pensou duas vezes: aceitou o convite, esquecendo um compromisso agendado.

Que noite gostosa! Inesquecível! Ela se lembrava de cada detalhe. O estranho é que tivera inúmeras noites *semelhantes*. Conhecia os melhores restaurantes de São Paulo, seguidos dos melhores *flats* e do melhor champanhe. Era quase uma rotina entre os altos executivos e os empresários vindos de fora. Por que, então, aquele jantar fora diferente?

Recordava-se que Tomás lhe parecera angustiado, consumido em preocupações, e, ainda assim, procurava ser gentil, dando-lhe toda a atenção que uma mulher poderia querer. Sentiu medo ao pensar que nunca mais o veria, que algo estragava aquele momento para ele. Por sorte, Tomás começou a sorrir; aos poucos, um brilho lhe veio aos olhos e ela o sentiu ali, presente, gostando daquele jantar tanto quanto ela.

Terminada a garrafa de vinho, alimentados, Solange sentiu um raro desejo, um tesão que lhe vinha da parte interna das coxas, umedecendo sua vagina. Ao mesmo tempo, ela não queria terminar aquele momento de namoro; as mãos dadas, o encontro dos rostos em rápidos beijos, o cheiro dele e da sua boca carnuda.

Ela não precisava ter-se preocupado. Muitas horas depois, a madrugada querendo amanhecer, Tomás dormia exausto ao seu lado, com a mão meio fechada ainda segurando a dela.

VIII

Era sexta-feira à tarde. Tomás estudava em seu quarto quando o telefone tocou. Esperou que alguém atendesse, pois não queria se distrair, mas parecia que todos haviam saído. O telefone insistiu várias vezes até que ele se levantou e foi atendê-lo.

— Alô — disse sem paciência.

— É o Tomás? — perguntou uma voz de menina.

— Ele mesmo, quem fala?

— Você não me conhece, mas uma amiga minha me falou de você. Eu acho que a gente tem muita coisa a ver um com o outro.

— Quem fala? Se for a Marcia ou alguém da classe pode parar com a brincadeira que eu tô estudando.

— Quem é a Marcia? A sua namorada?

— Olha, eu vou desligar.

— Puxa! Como você é bravo. Me disseram que você me achava linda, e me trata assim? — disse rindo a voz agradável.

— Diga quem é, senão eu desligo.

— Sou eu... Você sabe!

Tomás ameaçou desligar, mas a conversa fluía gostosa, como se falasse com uma amiga distante. Falaram por mais de uma hora. Por fim, ela o convidou para ir encontrá-la na praia, em uma sorveteria em frente ao farol.

— Você acha que eu vou fazer isso? Que ridículo! Me diga o seu nome e me dê o seu telefone; daí eu te ligo pra gente combinar.

Ela se manteve irredutível. Ou ele ia encontrá-la ou perderia a oportunidade.

— Você não vai se arrepender — advertiu-o.

Tomás não era dado a estas brincadeiras, mas algo fez com que anuísse ao convite. Marcaram de se encontrar em meia hora. Sentindo-se meio tolo, ele tomou banho, arrumou-se e partiu para o encontro. Estacionou seu carro no local combinado e foi se sentar num dos bancos da praia. Esperou dez, quinze minutos. Levantou-se, andou pra lá e pra cá até que meia hora se passou. Irritado consigo mesmo, entrou no carro e saiu acelerando.

Mal fechara o portão de sua casa, guardando o carro, e o telefone tocou novamente; relutou em atender.

— Alô?

— Você não vem? Eu estou te esperando!

De início, ele contrapôs ter ido, esperado um tempão e que ela não aparecera. Depois percebeu o engano no qual caíra e bateu o telefone dizendo em voz alta: "babaca".

Ao entrar em seu quarto, chutou o pé da cadeira e foi sentar-se novamente, tentando recuperar a concentração. Era impossível: sentia-se ridículo e com raiva. Balançou a cabeça de um lado a outro, numa negação inconsciente, recriminando-se: "eu não tenho jeito; não apreendo".

Nisso teve um insight: "como é que ela soube exatamente a hora em que voltei? Só se fosse a Rafi, que mora aí em frente! Não, imagina, pra que ela faria isso? Não pode ser".

Tomás rememorou tudo o que falaram, palavra por palavra, concluindo que a conversa poderia ter-se dado com a Rafi, pois mencionaram assuntos comuns. Mas como ela teria disfarçado a voz? Definitivamente não era a dela, ele a reconheceria até debaixo d'água. Intrigado, mas sentindo estranha felicidade, ficou a construir hipóteses, lembrando-se de que ela demorava um pouco para lhe responder, como se houvesse alguém ao seu lado...

回 回 回

Na manhã seguinte, Tomás acordou cedo, levantando-se imediatamente, como se tivesse algo a fazer, embora fosse um sábado tranquilo. Sentia uma premência de sair, andar, pensar, pois o telefonema não lhe deixava o pensamento, impelindo-o a tomar uma atitude. Resolveu passear com seu cachorro, andando pelo longo canal em idas e vindas até a praia. Cada vez que passava por sua casa, olhava de esguelha para o outro lado, na esperança de ver Rafi.

Após muito andar, compreendendo que aquilo não levaria a nada, voltou para casa, onde se pôs a lavar o seu carro, numa tentativa de domar sua inquietação. Algo lhe dizia para tomar uma atitude. Mas qual? O que poderia fazer?

Foi só ao fim da tarde que a ideia lhe veio: iria à discoteca do clube do qual se afastara desde que atingira a maioridade, cansado daquele ambiente infantil. Agora tinha a liberdade de ir a todos os lugares que lhe aprouvessem, de interagir com diferentes tipos de pessoa, de *viver* o que o destino trouxesse. Naquele sábado, porém, quis voltar à sua meninice.

Ao entrar pelo salão social do clube teve uma sensação ambígua: havia uma felicidade de retornar, de rever rostos conhecidos, até mesmo os móveis antigos pareciam reconhecê-lo, num ambiente familiar. Por outro lado, uma distância se impusera, como se estivesse fora por anos a fio, por décadas, não mais fazendo parte daquilo tudo.

Foi só quando subiu a escada que levava à discoteca que Tomás sentiu um frio na barriga, ouvindo a música alta e o som dos sábados passados. A imagem de Rafi, da quadra de tênis e outras lembranças vieram todas ao mesmo tempo, fazendo-o parar à porta de entrada. "Já que vim, é melhor entrar de uma vez", pensou.

Para sua surpresa, todos se mostraram alegres, cumprimentando-o com efusão; as meninas, com beijos e sorrisos. Algo nele ou no clube havia mudado, constatou feliz. Passou por vários grupinhos, ao lado da pista de dança já lotada, olhando pra cá e pra lá, como se estivesse distraído. Na verdade, procurava por Rafi. "Será que ela não tinha vindo?", pensou desanimado. Foi até o balcão do bar e pediu um hi-fi, aproveitando a espera para esquadrinhar em todas as direções. Nem sinal dela. Uma sensação de inutilidade e de tédio lhe surgiu de repente.

Bebeu seu drink, depressa como se fosse a única coisa que tinha para fazer, e sentiu desânimo, percebendo que seu *plano*, sua única esperança, era meio sem pé nem cabeça. "De que adiantara ir lá? Ainda que se encontrasse com a Rafi, o que lhe diria? O que de fato mudaria"?

Terminada a bebida, pensou em ir embora imediatamente, pois uma estranha preguiça de conversar com qualquer pessoa o dominava. Para que não percebessem, pegou o copo onde restara apenas o gelo e saiu para o terraço, pensando em partir sem ser notado.

O ar fresco lhe trouxe certo conforto. Apoiando-se numa mureta ao canto, soltou um suspiro ruidoso, expulsando sua frustação.

— Olha quem tá aí!

Ao virar-se, já sentindo uma forte alegria, viu Rafi, que, de uma rodinha de amigos, falara com ele, dando-lhe um aberto sorriso. Aproximou-se na hora e falou o que primeiro lhe veio à mente:

— Há quanto tempo! Nunca mais vi você!

— Você é que sumiu depois que ganhou um carro!

— Não, é que... Sei lá...

— Oiii!

Uma menina bonita, um tanto parecida com Rafi, interrompeu a conversa:

— Você é o Tomás?

— Sou...

— Não liga, não, esta figura é minha prima Soraia, que tá passando uma semana lá em casa — disse Rafi, meio sem jeito.

Tomás não conseguia entender a excitação que sentia, mas algo de bom acontecera: ela já sabia *quem* ele era, portanto, Rafi havia falado dele, a voz dela lhe era familiar...

Nisso começou a tocar a música preferida do momento, e alguém puxou o grupo:

— Vamos dançar!

Enquanto dançavam animados, Tomás se sentiu diferente, como se houvesse adquirido, num passe de mágica, uma confiança e uma felicidade jamais experimentada. "De onde vinha aquilo?" — perguntou-se.

Rafi parecia dançar só com ele, dançar para ele, num gingado sensual que o inebriava completamente; eles se olhavam bem nos olhos, como se quisessem falar algo de importante.

Quando a música mudou, tomando um ritmo mais lento, o grupo parou de dançar, enquanto os casais de namorados permaneceram na pista. Tomás queria convidar Rafi, mas não teve coragem. Saíram para o terraço e ficaram todos conversando animadamente. A noite passou em segundos, até que Rafi anunciou:

— Tá na hora. Precisamos ir pra casa!

— Já?

— A Soraia volta amanhã pro Rio e nós vamos levá-la ao aeroporto.

— Que pena!

— É mesmo — disse Soraia, para acrescentar:

— Mas eu volto em julho, quem sabe marcamos de tomar um sorvete; ao dizer isso, riu, cutucando com o cotovelo Rafi, que fingiu não perceber.

◙ ◙ ◙

O dia seguinte foi um domingo longo para Tomás. Não havia nada para fazer a não ser pensar em Rafi, que passaria o dia fora da cidade. Ele se sentia totalmente conectado a ela, como se ainda estivessem dançando um para o outro. Sentia uma saudade atroz, um desejo de estar com ela. Aquilo deveria ser recíproco, só podia ser. Mas, e se estivesse enganado? Como faria para saber? E ele não tinha combinado nada. Que burro! Quando teria a chance de falar com ela de novo? Preocupado, feliz e angustiado, Tomás olhava para o teto do seu quarto à procura de uma resposta.

Às quatro horas da tarde, Tomás usualmente parava seus estudos e ia tomar um café no shopping, para ter um descanso e recarregar as baterias. Naquela segunda-feira, abriu o portão da sua casa bem devagar, deixando arrastar pelo chão o pino de ferro — o que fazia ruidoso barulho — e manobrou seu carro com lentidão. Se tudo desse certo, Rafi teria tempo de vê-lo e sair no portão, se quisesse.

Quando Tomás contornou o canal, viu que Rafi já caminhava em direção à praia; seu coração disparou. Ele diminuiu a velocidade e buzinou para ela. Rafi pareceu não o reconhecer, embora ele acenasse. Desapontado, continuou dirigindo, olhando para trás, até que ela o viu, cumprimentando-o. Foi o quanto bastou para que freasse o carro, bruscamente, arrastando os pneus. Ela riu. "Droga", pensou Tomás, tentando descer de um modo natural e puxar conversa.

Deu certo. Falaram alegremente de muitos assuntos, riram e ele via um brilho nos olhos dela. A certa hora, ficaram em silêncio, como se o assunto houvesse terminado, à espera de algo. Tomás deveria dizer alguma coisa, mas o passado o impedia. Temeu escutar de novo: "Eu não! Por quê? Você tá maluco?"

Por fim, Rafi falou:

— Você não vai me levar para dar uma volta no seu carro?

— Vou, claro... Quando você quiser!

Após novo silêncio, que tornava evidente a falta de iniciativa dele, Tomás perguntou um tanto incrédulo:

— Você poderia agora?

— Só tenho que avisar a minha mãe.

Enquanto esperava, Tomás não acreditava que aquilo estivesse realmente acontecendo. Procurou imaginar onde iria, mas nada lhe parecia bom o suficiente para ela. Por sorte, Rafi retornou logo, interrompendo suas elucubrações.

Resolveu seguir pela avenida da praia, sempre agradável, pondo uma balada romântica para tocar. Passearam por mais de uma hora, conversando carinhosamente — tinham um milhão de coisas para contar — até que a tarde começou a cair, enchendo de tons vermelhos o horizonte.

— Você quer ver o pôr do sol lá de cima da Ilha? — Arriscou Tomás.

— Quero, deve estar bonito.

Ao subirem o morro arborizado que levava a uma espécie de mirante, deserto àquela hora, os dois foram tomados por muda excitação, que só realçou a voz de James Taylor e de seu violão.

O fim de tarde não poderia estar mais belo. Desceram do carro e ficaram a olhar o oceano. Deram-se as mãos. Viraram-se de frente um para o outro. Tomás inclinou o rosto para beijá-la e, fechando os olhos, encostou os seus lábios aos dela.

Dessa vez não houve recusa.

IX

—Sabe, doutora, eu estou pensando em aceitar um convite que me foi feito no escritório, para ir trabalhar na Suíça, por três meses.
— Hum? — Fez a médica, levantando as sobrancelhas.
— Eu viajaria um pouco, mudava de ares, conheceria gente nova...
— Sem contar o aspecto financeiro...
— E, depois, não é bem um convite; seria para viabilizar uma enorme fusão entre bancos, daqui e de lá; algo importante para o escritório e para meu currículo; se eu não for, talvez pegue mal.
— Interessante, Tomás. Você não havia mencionado isso antes. O convite surgiu agora?
— Não, é que agora comecei a pensar, levar a sério essa ideia.
— O que a senhora acha?
A Dra. Norma pareceu refletir sobre o assunto, mas, em seguida, permaneceu calada, como se não houvesse ouvido a pergunta. Após alguns instantes, sentindo-se incomodado, Tomás falou:

— Eu sei, a senhora não pode dar uma opinião. Ou está achando que eu tô fugindo de algo?

A analista sorriu maternalmente e balançou a cabeça:

— E você está?

— Não, é uma chance única, coisa que não posso perder!

— Então? O que o preocupa?

— Sei lá, é que começava me sentir melhor, mais feliz, com essa estória da Solange.

◘ ◘ ◘

Tomás sentia uma espécie de angústia, um estranho mal-estar que lhe dava sofrimento e emoção ao mesmo tempo. Devia ser a bebida. Sendo *verdadeiro* consigo mesmo, este era seu estado normal, pelo menos nos últimos tempos. "Que merda! Por que a gente não pode apenas se sentir feliz?"

Ele pensava em Solange; no quanto de prazer e alegria ela lhe trazia.

Ele devia amá-la. Simplesmente amá-la como uma criança ama o seu ursinho!

Mas isso não acontecia. Só ele sabia. Só ele poderia entender este sentimento.

Ela não era o *ideal* que trazia consigo; não legitimava o que continha num lugar, num recôndito de si mesmo, onde apenas ele poderia penetrar. De onde viera tal coisa? De memórias já esquecidas? Do âmago dele mesmo? Ou da lembrança de momentos da sua infância; do pai jovem e conhecedor de todas as coisas, da mãe carinhosa, que cuidava com zelo da casa e da família, das fotografias dos antepassados nas paredes...?

Tudo isto era passado, mas ele não se apercebia, apercebendo-se.

Solange lhe trazia calor. Físico nos momentos nus, quando suados e com o gosto do sexo na boca, apertavam-se, beijavam-se e suspiravam; espiritual nos instantes da amizade intimamente compartilhada.

Por que se sentia assim? No fundo intuía ser um escravo de quem era; das coisas que ouvira e pensara por toda a vida. Nunca poderia se casar com uma garota de programa, uma *puta*, palavra que nem gostava de usar. Mas quem falara em casamento? Isso jamais fora mencionado. Tinha com Solange liberdade maior do que qualquer namorado ou amante. Ela não lhe pedia nada. Nem mais o dinheiro.

Ele é que às vezes se imaginava casado, com os filhos pequenos ao redor, numa casa igual à da sua infância. Via Solange a enxugar os cabelos dos meninos, a lhes cortar as unhas e a fazer as lições de casa. Nesses instantes, um medo indistinto surgia em seu peito, escurecendo a cena projetada.

Tomás lamentou-se, sentindo-se um idiota. Hoje, quem se importaria com a origem de Solange? Seu falecido pai? Os primos que não via há anos? Os conhecidos? O que importa a opinião de alguém? O quanto as pessoas se importam com os outros? De verdade? Não vivemos numa bolha muito limitada na qual, além de nós mesmos, poucas coisas nos interessam? Excetuando-se os filhos, alguns parentes próximos e raros amigos, o que nos dizem os outros?

E por que se preocupar com isso logo agora?

Tomás se surpreendeu ao perceber que mentira pela primeira vez à sua analista. Não havia sido convidado para ir à Suíça; o convite já existira várias vezes no passado, mas ele declinara. Era verdade que poderia ir se quisesse, pois coordenava a equipe do "Crédit" no Brasil, sendo que ocorreria mesmo a grande fusão bancária mencionada. Mas, daí, a inventar a história do convite irrecusável havia uma longa distância.

Ele é que queria ir... Ou fugir.

Tomás abaixou a cabeça e soltou um suspiro carregado. Ele sabia, ele sentia que Solange estava se apaixonando por ele. Pequenos detalhes, amiúde disfarçados, mostravam que ela começava a gostar dele para valer, de forma séria e adulta.

E o que era pior, a contragosto, também nutria por ela um sentimento forte, crescente, que se impunha a cada momento: no intervalo do café com os colegas, enquanto dirigia só para casa, no banho de chuveiro quente ou no *happy hour* do escritório.

A sensação de estar perdendo a batalha, a batalha consigo mesmo, aumentava a cada dia, a cada novo encontro. Ele já se propusera uma última vez, sabendo estar mentindo para si mesmo. Isso não ocorreria, a menos que...

"Droga de ambivalência! Por que não arriscava jogar tudo para o alto? O status do emprego, a crítica dos amigos, a opinião da família?". Tomás lembrou-se de um filme antigo que vira; ligara a TV, tarde da noite, e a trama o envolvera: dois amigos saem de moto pelos Estados Unidos, cruzam vales e descampados, grandes desertos, sem destino ou fim. Sentiu uma inveja de quem era assim. De quem podia seguir sei lá que sentimento, não se importando com o amanhã.

X

Os trompetes soaram altos e solenes, sobrepujando o murmurinho dos convidados e ecoando profundamente na Catedral. Todos se calaram e olharam para as portas da entrada.

Abertas, a noiva e seu pai adentraram a passos cautelosos no imenso templo, enquanto o coral e a orquestra a todos envolviam, num momento único de música e emoção.

Rafi estava deslumbrante.

Quando seu olhar encontrou o de Tomás, lá distante no altar, ela lhe sorriu feliz e confiante.

Tomás quis retribuir, mas seu coração batia tão forte que parecia consumir todas as suas forças; por um átimo, numa vertigem, pensou estar sonhando o melhor dos sonhos e apenas abriu levemente a boca, tentando respirar e sorrir. "Linda, como ela está linda".

Nada mais podia compreender naquele instante: as primeiras lágrimas tirando a nitidez da imagem de Rafi, o calor a lhe subir pelo peito, numa alegria quase insuportável, numa felicidade inebriante.

Ao se encontrarem, beijou a mão da noiva, segurando-a nas suas que pareciam tremer. O sogro lhe sorriu e, percebendo sua emoção, abraçou-o fortemente com o braço livre.

Rafi sorriu para ele, rindo a seguir, como se lhe dissesse: "Fica calmo, Tomás: nós só estamos casando!".

Isso o tranquilizou por instantes; afinal, estava realizando o sonho de sua vida! Ao olhar em volta, contudo, e ver os pais, os irmãos e os amigos perfilhados — eram as pessoas que lhe significavam o passado e legitimavam o presente — percebeu a singularidade daquele momento, tornando a se emocionar.

O sacerdote, um senhor de olhar e voz fortes, seguiu rigorosamente a liturgia, mencionando as escrituras e o significado do casamento. Ao final, perguntou:

— Você, Tomás Rocha, na presença de seus irmãos em Cristo e de Deus Todo Poderoso, aceita Raquel Figueira como sua legítima esposa, prometendo honrá-la e respeitá-la pelo resto de seus dias?

Tomás queria responder; dizer o *sim* mais alto do mundo, contar ao padre que se apaixonara por Rafi quando era pouco mais que um menino, e que a paixão se transformara num amor imensurável. A voz, no entanto, não lhe saía da boca, imobilizada, sufocada em si mesma e nas lágrimas abundantes.

Fez-se na igreja um silêncio cheio de expectativa e apreensão.

O sacerdote olhou com rigor para Tomás; depois sorriu pela primeira vez e perguntou numa voz branda:

— Meu jovem, você não quer se casar com a Rafi, que oficialmente se chama Raquel Figueira?

Todos riram, incluindo Tomás.

Ele encheu ruidosamente o peito e disse como num suspiro:

— Quero, quero muito, é a coisa que mais quero!

O padre sorriu e balançou a cabeça, resolvendo se dirigir à noiva, que a tudo respondeu tranquila e serena, nas palavras sacramentais.

Na hora dos votos, vendo que as lágrimas não cessavam no rosto do noivo, apiedado, o sacerdote disse:

— Considerando a intensa emoção de nosso irmão Tomás, que já demostrou o seu desejo perante a nós e ao Deus Todo Poderoso, vamos prosseguir pela noiva.

Esta repetiu a seguir:

— Eu, Raquel, aceito Tomás como meu legítimo esposo, prometendo amá-lo e respeitá-lo...

Ao saírem da igreja, recebendo o ar fresco da noite que começava e os punhados de arroz dos amigos, Tomás sabia ter vivido o dia mais feliz da sua vida.

XI

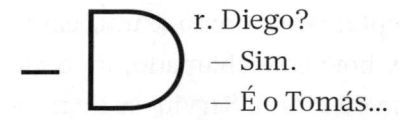

— Dr. Diego?
— Sim.
— É o Tomás...
— Fale, meu amigo, que bom ouvi-lo!
— Dr. Diego... Eu estava pensando se haveria a possibilidade de eu ir a Genebra com o pessoal que vai tratar da fusão.
— Puxa! Seria ótimo, Tomás! A sua presença é primordial, é importantíssima. Nós só não o convocamos por causa das suas recusas anteriores, pela sua... digamos, situação pessoal.
— Então eu vou!
— Que boa notícia! Os outros sócios ficarão contentes e mais tranquilos. O que houve? Que milagre é este?
— Preciso de novos ares, eu acho.
— Ótimo. Vou ligar para a logística e mandar comprar o seu bilhete. Soube que os voos estão bem cheios, mas conseguiremos a passagem. Quanto ao hotel, alguém já me informou que o des Bergues está lotado; você terá de ficar em outro.

— Eu tenho um hotel para ficar!
— Será que ainda tem lugar? Genebra a esta época...
— Eu sou amigo do *concierge*. Tenho certeza de que me arranja um quarto!
— Perfeito. Reserve no cartão cooperativo.
— Ok.
— Um abraço, Tomás, e boa viagem!

◘ ◘ ◘

Solange se levantou abruptamente, como se uma campainha tocasse ou alguém a houvesse chamado, indo até a mesa onde estava a garrafa de vinho. Serviu-se de mais vinho, embora sua taça estivesse quase cheia, arrumou os petiscos em suas tigelas e ficou ali parada com as mãos sobre a mesa, num movimento frenético dos dedos.

Estava aturdida, com expressão preocupada e triste. Sem perceber, mexia os lábios numa conversa consigo mesma. Por fim, virou-se e perguntou:

— Mas você tem de ficar os três meses? Não pode só ir; resolver os problemas e voltar?

Tomás intuiu na pergunta um apelo, uma súplica velada para que mudasse seus planos.

— Não, Solange, eu tenho de ficar até o fim do negócio, até que a fusão se complete, com a total integração de ambos os bancos. No mínimo, os três meses.

— No mínimo? — repetiu ela, crescendo o tom da voz.

Tomás sabia perfeitamente o sentimento que Solange experimentava; era o mesmo que o seu, com uma grande diferença: ele decidira e se preparara para tanto.

— Mas e eu...?
— Tomás? Responda a minha pergunta!

O silêncio atingiu Solange como uma pancada na cabeça, no estômago e nas pernas. Ela se sentou numa cadeira, de costas para ele e ficou inerte, os ombros caídos e encolhidos para a frente. Tomás sentiu o desespero espalhar-se por seu corpo. Teve vontade de correr até ela, abraçá-la e beijá-la, dizendo-lhe para esquecer tudo aquilo, que ele enlouquecera por instantes, que ela o perdoasse!

Tomás, contudo, permaneceu sentado no sofá onde estava, imune ao sofrimento dela, imune a si próprio, como se assistisse a uma cena na televisão.

XII

Eles tinham acabado de sair da agência de viagem com tudo resolvido. Finalmente o roteiro se concretizara, harmonizando tanto as vontades de Tomás quanto às de Rafi.

— Vamos tomar um café para comemorar!
— Mas você não está atrasado?
— Estou... Dane-se! Hoje é um dia importante!

Sentaram-se numa mesa ao ar livre, debaixo de um toldo e pediram os cafés: um curto para ele, um maquiado para ela. Ficaram conversando por quase uma hora, antegozando os lugares escolhidos, como se lá já estivessem.

— Acho melhor a gente ir; senão você só vai voltar depois da meia-noite.
— Vamos, o escritório já mandou várias mensagens.

Tomás pagou a conta, deixando boa gorjeta para a atendente, e se dirigiram para o carro, estacionado no outro quarteirão.

Enquanto andavam, Rafi soltou um suspiro alto, fazendo Tomás pensar que ela esquecera algo na mesa:

— O que foi? O celular?

— Não... Fiquei meio tonta!
Tomás percebeu que o corpo de Rafi cedera um pouco, segurando-a pela cintura.
— Calma, vamos nos sentar de novo!
Os passos de volta à cafeteria foram difíceis pois ela suportava cada vez menos o próprio peso. Tomás olhou em volta, à procura de ajuda, quando uma jovem alta e atlética se aproximou deles, circundando Rafi com os braços.
— Estou tão enjoada. Minha cabeça está virando!
Sentaram Rafi numa cadeira; todos queriam colaborar de alguma maneira:
— Pode ser a pressão, talvez uma coisa salgada — disse Rafi.
— Às vezes, é falta de açúcar. Ela se alimentou bem?
Tomás pensou em chamar a ambulância do seu plano de saúde, mas aguardou um pouco, na esperança que o mal-estar passasse. Uma senhora, provavelmente a mãe da jovem que auxiliara, aproximou-se, pôs gentilmente a mão sobre o braço de Rafi, e disse num tom confortador:
— Quem sabe é uma surpresa! Você pode estar grávida; comigo aconteceu bem assim!
Apesar de atordoada, Rafi sorriu feliz, para em seguida apoiar-se na mesa, largando a cabeça sobre os braços, numa espécie de desmaio.
Longos minutos decorreram até a chegada da ambulância; Tomás repetia sem parar que aquilo não era nada, que Rafi ficasse tranquila.
Os paramédicos não perderam tempo: tomaram a pressão e os batimentos cardíacos, examinaram os olhos

e alguns reflexos; em seguida, determinaram sua remoção ao hospital.

Tomás procurava manter-se calmo, mas os procedimentos no interior da ambulância e as comunicações via rádio com o hospital, solicitando uma equipe de emergência a postos, deixaram-no temeroso. Ademais, os atendentes não respondiam às suas perguntas.

Ele segurava uma das mãos de Rafi e lhe falava de coisas agradáveis, embora ela estivesse meio inconsciente e com um olhar vago.

Mal a ambulância desceu a rampa do setor de emergência do hospital, uma padiola foi trazida junto à porta, onde transladaram Rafi. Um senhor de jaleco branco, com emblema do hospital no ombro, ordenou:

— Sala de cirurgia 1!

⬜ ⬜ ⬜

Encostado em pé numa parede, com a cabeça totalmente para trás e o queixo erguido, como alguém ficaria na cadeira de um dentista, Tomás parecia um alucinado, em meio a delírios.

"Fique calmo, estamos fazendo tudo", "AVC", "aneurisma", "implantação de válvula", "maior reversão possível", "bem a tempo", "assim que soubermos".

Tomás cogitou de meter um pé naquela porta de metal, com uma faixa escrita "Centro Cirúrgico" e de se acercar de Rafi, beijá-la, ver se ela queria alguma coisa. Pensou em perguntar à mulher qual era o nome do restaurante em Milão, que a amiga tinha recomendado. Pensou também se ela não sentiria frio só com um daqueles aventais hospitalares e qual casaco preferiria, pois havia vários em seu guarda-roupa.

Aquilo era um pesadelo!

Por fim, duas enfermeiras saíram, suadas e tensas, não atendendo ao seu chamado. Tempos depois, um homem dos seus cinquenta anos, usando roupas todas de um azul desbotado, com uma toca na cabeça, aproximou-se lentamente.

— Sr. Tomás Rocha? — perguntou, mais numa confirmação, tirando a toca da cabeça num gesto de respeito.

— Sou eu!

— Venha comigo aqui nesta sala — disse, pegando Tomás gentilmente pelo braço.

Era um local simples, mas agradável, com uma mesa e duas cadeiras à frente, iluminada tenuamente por abajures.

— Sente-se, por favor.

Tomás permaneceu imóvel, como se não o tivesse escutado.

— Eu tenho que lhe dar uma notícia dolorosa.

— Posso me sentar? — perguntou Tomás.

Sentaram-se um do lado do outro. O médico torceu a toca entre as mãos. Quando ia falar algo, Tomás o interrompeu:

— Bonitas estas gravuras!

Surpreso, o outro olhou para trás, vendo-as na parede do fundo.

— São de Monet! Aquela da esquerda é icônica, o nome impressionismo vem dela. Chama-se "a impressão".

— Vou pedir um suco de maça para o senhor. O senhor não é diabético, é? Ele já vem adoçado.

— Não, não sou.

O médico foi até a porta e deu instruções a um funcionário.

Ao sentar-se novamente ao lado de Tomás, pegou-lhe uma das mãos e disse:

— Posso lhe tomar o pulso?

— No Louvre, foi lá que compramos uma cópia destas.

A copeira chegou acompanhada de um enfermeiro, dando um copo para Tomás. Ele bebeu o suco lentamente, em pequenos goles.

— Bonitas, muito bonitas...

— Sr. Tomás, chamou-lhe a atenção o médico — tenho de lhe comunicar que sua esposa não resistiu, ela teve um derrame muito sério, nós tentamos tudo.

— Bonitas; que cores...

— Ele está em choque. Vamos sedá-lo — ordenou o médico.

XIII

Logo que o avião parou de subir, estabilizando-se na altitude de cruzeiro, o sinal de apertar os cintos se apagou e os comissários de bordo iniciaram os serviços.

— O Sr. desejaria beber alguma coisa? — perguntou a aeromoça, pondo uma toalha na mesinha da poltrona, para lhe servir uma pequena tigela com castanhas, pistaches e mais alguns petiscos.

Pego distraído, Tomás demorou a responder, até dizer:

— Eu gostaria de um uísque, sem gelo, e de uma cerveja.

Ela sorriu e lhe mostrou as garrafas que havia para escolher. Depois, lhe perguntou se já decidira sobre o jantar. O *menu* estava na lateral da poltrona.

— Não, ainda não; nem sei se vou jantar.

Ele tomou um pouco de cerveja, como para matar a sede, e ficou bebericando o uísque, imerso em cogitações. A poltrona ao lado estava desocupada, permitindo-lhe ficar concentrado na noite vazia lá de fora. Estrelada e triste. Só o piscar da luzinha na ponta da asa a indicar que a vida prosseguia.

Após mais um uísque, Tomás sentiu um certo calor, uma espécie de aconchego, que parecia fortalecê-lo. Pegou

o celular do bolso e localizou o nome de Solange: "apagar contato", clicou; nova mensagem apareceu: "apagar contato", como a lhe perguntar: "você tem certeza, Tomás?".
Por um átimo o dedo de Tomás hesitou. Após fazê-lo, clicou em "Contatos Recentes" e "Limpar".
Pronto! Solange estava deletada!

▩ ▩ ▩

Tomás respirou mais algumas vezes a leve brisa marinha, olhando as águas azul-petróleo do Léman.
Por fim, deu as costas ao lago e olhou para a recepção envidraçada, da qual vinha uma luz vermelho-escura, do logotipo em néon, onde se lia: "Hotel Du Midi". Aquilo lhe era familiar e querido, mas previa um momento doloroso.
Ao ingressar no requintado lobby, intuitivamente seus olhos percorreram toda a recepção, à procura do rosto amigo. Mário, o *concierge*, estava a atender dois hóspedes. Ao vê-lo, saudou-o com um sorriso, dando-lhe sinal que viria a seguir.
— *Monsieur* Rocha, que alegria o receber novamente — disse, saindo detrás do balcão para cumprimentá-lo.
— Como está o Brasil? E madame? Ela não pôde vir desta vez?
— Não...
Ao dizer isso, os olhos de Tomás se encheram de lágrimas, obrigando-o a passar as mãos sobre rosto, numa tentativa de escondê-las.
O *concierge*, aturdido, aproximou-se e lhe estendeu a mão. Após um instante, disse num tom consolador:

— Perdão; eu sei como é isso, *monsieur*; o meu divórcio também não foi fácil!

— Não, Mário... A Rafi morreu...

O *concierge*, que trabalhara a vida toda na Suíça, mas era italiano, deixou as reservas de lado e deu um apertado abraço em Tomás, beijando-lhe a face.

— Meu caro amigo. Eu sinto muito!

🔲 🔲 🔲

Tomás ingressou no pequeno elevador e olhou para a conhecida gravura na parede, mostrando uma cena da antiga *Genève*. Nada mudara no hotel.

Ao se aproximar da porta do quarto, o 308, como gentilmente lhe reservaram, parou, inerte, incapaz de qualquer movimento. Todos os seus sentidos viviam a familiaridade daquele local outrora tão feliz. Temeu abrir a porta de seu passado.

Uma solícita camareira veio em seu auxílio, fazendo-o entrar sem mais delongas. As janelas estavam abertas para o lago, mas Tomás não quis olhar. Sentou-se à beira da cama, apoiado em um dos braços e se deixou ficar. Tempos depois, ouviu o barulho do chuveiro aberto, do secador de cabelos, da porta abrir-se e Rafi dizer-lhe: "Vamos logo que o comércio fecha cedo hoje".

Ele não chorava, as lágrimas apenas lhe caiam pela face, formando cordões sobre ela.

🔲 🔲 🔲

Ao descerem do trem, sobre a plataforma de concreto, eles olharam procurando a saída, num vaivém de pessoas.

Ao planejarem a viagem de lua de mel, uma coincidência, entre muitas que curtiam na vida, era o destino a chegar. Ambos admiravam as paisagens suíças, os trenzinhos vermelhos e os famosos chocolates.

"Genève", lia-se na placa, ao lado de uma escada que descia.

No amplo salão, havia uma infinidade de guichês, todos com uma pequena fila, o que não combinava com a pressa de conhecer a cidade.

— Veja ali — apontou Tomás — é o local onde podemos guardar as malas. Vamos deixá-las e sair passeando até encontrar um bom hotel.

Após olharem um mapa, resolveram fazer o caminho mais curto em direção ao lago Léman. À medida em que iam se aproximando, a cidade tornava-se cada vez mais bonita, com antigas e luxuosas construções.

Finalmente chegaram às bordas do lago, num ponto onde havia uma pequena ponte, a menor delas. Tomás pegou Rafi por uma das mãos e a levou até a metade. Lá, apoiou-se no gradil e, olhando para frente, disse:

— Veja que coisa linda!

Ela olhou aquela imensidão de águas límpidas, de um tom azulado, que ia terminar em montanhas com os picos cobertos de neve.

— Sinta!

Ao olhar interrogativo de Rafi, Tomás completou:

— O frescor da água, o cheiro de pureza, o leve som da correnteza!

Rafi riu da genuína felicidade que o marido experimentava ali, como se chegasse ao paraíso.

Ficaram uns bons momentos, até que ela disse:

— Vamos procurar um hotel!

Em volta do lago só viram os logotipos das renomadas cadeias dos cinco estrelas: Hilton, des Bergues, Ritz-Carlton.

— Aqui não vai dar pra ficar! Deve ser uma fortuna, lamentou-se Rafi.

— É, acho que não. Uma pena.

Neste instante, Tomás reparou que entre os imponentes prédios, bem em frente à ponte, numa pracinha com muitos plátanos, havia um hotel menor, que as paredes envidraçadas permitiam ver a bela recepção.

Foram até lá. Os preços eram bem altos; ainda assim, Tomás perguntou:

— Tem um quarto com vista para o lago?

— Resta-nos apenas o 308, mas há um complemento a pagar.

Tomás suspirou desapontado.

Neste momento, um senhor, usando um tipo de fraque, com um pequeno broche de ouro na lapela, no qual havia duas chaves antigas entrecruzadas, interveio na conversa, assumindo o lugar da recepcionista:

— Quantos dias planejam ficar?

— Três ou quatro; quatro, decidiu-se Tomás.

— De onde são os senhores, se me permitem...

— Do Brasil.
— Viagem de núpcias?
Tomás e Rafi se entreolharam.
— Como é que o senhor sabe?
O senhor bateu levemente na mão de Rafi sobre o balcão e disse:
— Pelas alianças; brilhantes e sem nenhum risco!
Todos riram e ele acrescentou:
— Eu vou isentar o pagamento do complemento e incluir o café da manhã! Estaria bom assim?
— Está perfeito! — disse de imediato Tomás.
— Obrigado, senhor...?
— Mário, sou o *concierge* do hotel!

▣ ▣ ▣

O toque do telefone o assustou. Onde estava? Piscou os olhos buscando nitidez. Havia uma janela aberta para uma noite tranquila. "Estou em *Genève*." Ao tentar se mexer, sentiu forte dor no pescoço e no braço, percebendo que ficara na mesma posição por horas. O telefone insistia:
— Já vai — falou irritado, aguardando um pouco para se localizar.
Ao atender, a voz jovial e carinhosa de Pedro lhe perguntava:
— Chefe, acordei você?
— Não, não, tudo bem.
— É que estamos pensando onde vai ser o jantar. Faremos um *happy hour* antes! Todo mundo está perguntando de você, se já tinha chegado e onde preferiria ir.

— Pedro, eu estou meio cansado e acho que não vou sair.

— Ah, não... Podemos ficar aqui no hotel mesmo; é um pulo do seu. O pessoal vai ficar chateado se não vier. Escolha um lugar qualquer! Vamos, por favor!

— Desculpe-me, Pedro, mas não vai dar; vou pedir alguma coisa aqui e me deitar cedo. Mande meu abraço para todos.

XIV

A reunião estava marcada para as 9 horas, numa das grandes salas do Hotel des Bergues, sendo que deveriam estar presentes os advogados do escritório, os do banco Crédit e mais alguns auditores de uma consultoria contratada em *Genève*.

Tomás se atrasara uns dez minutos, o que o desagradara muito, pois os suíços eram muito pontuais. Ele pusera o alarme do celular no volume máximo, mas quando tocou, simplesmente não o ouviu. Após passar a noite em claro, tentando dormir, foi acometido de um sono pesado ao amanhecer, acordando só quando telefonaram para ele, pouco antes da reunião.

Lavou o rosto, escovou os dentes, pôs o terno já preparado, e foi correndo até o Hotel des Bergues, sem sequer tomar um café. Ao chegar teve acalorada acolhida dos membros do escritório e dos demais, que já conhecia de contatos anteriores, aproveitando para tomar uma xícara de café antes do início dos trabalhos.

Os que lhe eram mais íntimos repararam que ele não havia se barbeado, estando com olheiras meio escuras à volta dos olhos e que, apesar de se mostrar alegre e cordial, trazia uma expressão sombria.

Quando entraram na sala destinada à reunião, havia uma mesa para umas quinze pessoas, na cabeceira da qual sobressaia a cadeira mais alta, com braços de madeira esculpidos e encosto de couro trabalhado, no qual se via um brasão.

Todos foram se sentando, cada grupo com seus membros reunidos, até que Tomás e Beatriz ficaram ao lado da cabeceira. Como eram os advogados seniores, um deles deveria ali se sentar. Beatriz tomou a palavra e disse em voz alta, num tom formal:

— Como o Dr. Tomás pôde felizmente vir, sendo ele o encarregado principal dos assuntos concernentes ao Crédit, caberá a ele presidir a reunião. — Dizendo isso, ofereceu-lhe com um gesto de mão o lugar à cabeceira.

Tomás pareceu surpreso e, balançando a cabeça, deu um sorriso contrariado, respondendo sem hesitação:

— De forma alguma; Dra. Beatriz foi designada primeiramente para a condução dos negócios, tendo autoridade para resolver quaisquer questões. Eu apenas pude vir também, de forma imprevista, estando aqui somente para assessorá-la.

Beatriz fingiu concordar com as colocações de Tomás, e achando ser melhor não demonstrar falta de harmonia, aceitou a sugestão, tomando a cabeceira a mesa.

Quando Tomás se sentou na outra ponta, ela o olhou nos olhos, como a dizer: "Isto é coisa que se faça?".

A reunião transcorreu da melhor maneira possível, tendo os membros suíços e brasileiros conseguido chegar às premissas básicas do acordo a ser proposto ao outro banco, embora houvesse muitas minutas a serem redigidas, aspectos econômicos a se discutir com acionistas e diligências avaliatórias a executar.

Ao final do dia de trabalho, só interrompido para uma pausa de almoço, todos estavam cansados, embora satisfeitos com os resultados e com o clima ameno da reunião.

À porta do hotel, despediram-se dos colegas estrangeiros, cujos motoristas esperavam para conduzi-los, e ficaram parados em frente ao lago, num belo fim de tarde.

Houve um certo constrangimento, pois Beatriz e Tomás eram os superiores hierárquicos dos demais, além de mais velhos, de modo que todos aguardavam uma orientação qualquer. Foi Pedro, que no início trabalhara como estagiário de Tomás, a tomar a iniciativa:

— Está uma delícia para tomar uma cerveja, não está? Do outro lado tem um barzinho na beira do lago!

Após um rápido silêncio, Tomás falou, como que autorizando os jovens:

— Está mesmo! É melhor irem logo antes que lote! Eu tenho que ligar para o escritório; dar notícias ao Diego e pedir algumas informações complementares. Depois eu vou!

— Bem, então vamos!

Beatriz disse que também tinha dados a conferir, voltando com Tomás à sala de reunião. Assim que entraram, ela lhe disse:

— Que história é essa de eu comandar os trabalhos? Você é o responsável pelo Crédit.

— Beatriz, eu sei o quanto você se preparou para esta viagem. Faz uns seis meses que examina toda a papelada. Não seria justo agora eu poder vir e querer pegar a fusão para mim. Nós sabemos a importância disso para o escritório, para o futuro das nossas carreiras.

— Juro que não estou preocupada com isso.

— Eu também não. Só não queria que você pensasse que estou querendo levar alguma vantagem, ao resolver vir.

— Tomás, você sabe que não pensaria isso. Conheço você bem.

XV

Ao entrar em casa e perceber pelo silêncio, pela falta de luzes acessas e pela própria posição dos objetos — o jornal aberto sobre a cadeira, os chinelos ao lado, exatamente como deixara —, Ricardo teve a triste lembrança de um fato que não esquecia: sua mulher não estava em casa!

Sentiu um aperto no coração e um desânimo abrupto. Beatriz lhe fazia muita falta.

Normalmente, a primeira coisa que fazia era ir lhe dar um beijo; depois tomava um banho — pois sempre passava pelo hospital, e vinha sentar-se ao seu lado, para compartilhar tudo que ocorrera no seu dia. Falava das crianças, como se referia aos pacientes, dos problemas na clínica e dos planos para o fim de semana. Gostava de perguntar a Beatriz sobre as questões do escritório, embora não entendesse direito os complicados trâmites da Justiça, com seus recursos de "efeito suspensivo" e as "liminares" que sempre preocupavam a mulher.

Beatriz preparava um pequeno jantar e ficavam como a fazer nada juntos; ele lendo o jornal, ela um livro, interrompidos para alguns comentários ou um telefonema. Era uma rotina simples, mas que lhe era muito valiosa. Agora, com a mulher viajando, restava-lhe sentar na sua cadeira e esperar por seu telefonema. Antes disso, nem o banho tomava.

Haviam combinado que, exceto por alguma coisa urgente e importante, não tentariam se comunicar, pois com o fuso horário entre o Brasil e a Suíça, bem como seus compromissos profissionais, a exigir atenção plena a cada momento, eventuais telefonemas sempre cairiam numa hora inadequada. Assim, quando o dia da mulher houvesse terminado, estando tranquila em seu quarto de hotel, ligaria para ele, o que corresponderia aproximadamente à hora de sua chegada em casa.

O acordo estava funcionando como previsto. Eles conversavam todas as noites com toda a calma do mundo, inteirando-se das coisas do dia a dia. O que não ia bem eram as saudades que ele sentia!

Ricardo compreendia perfeitamente a importância da viagem à Suíça, para a realização de um grande negócio bancário, coisa de bilhões, e que traria prestígio à já bem-sucedida carreira da mulher. Se fosse o inverso, se precisasse se ausentar pela medicina, para o seu progresso profissional em alguma área, ele também o faria, tendo certeza do apoio da mulher.

Assim, nada lhe restava a fazer do que esperar que o tempo passasse rápido.

Procurava vencer o desânimo, indo aos finais de semana na casa de um de seus irmãos, onde se encontrava com os sobrinhos que tanto gostava. Com os já mais crescidos, brincava na piscina, jogava pingue-pongue e videogame; com os pequenos, conversava numa linguagem toda própria, só conhecida por aqueles que lidam diuturnamente com crianças pequenas. Não era incomum vê-lo, após um churrasco ou almoço de domingo, sentado numa cadeira tendo um bebê sobre sua grande barriga, entretendo-o, enquanto a jovem cunhada descansava um pouco.

Neste início de noite, ao sentir a pesada ausência da mulher, Ricardo resolveu tomar uma taça de vinho, como ela fazia, e em sua homenagem: levantou-se, foi até a adega climatizada e escolheu uma garrafa — o vinho chileno preferido de Beatriz.

Pegou uma taça de cristal, alguns petiscos e foi se sentar na poltrona onde Beatriz costumava fazê-lo. Antes do primeiro gole, levantou a taça e disse em voz alta: "A você, querida esposa; que volte logo!"

Procurando manter uma postura positiva — não queria que a mulher o achasse deprimido ou algo assim —, passou a elencar mentalmente as coisas boas que recebera na vida, às quais sempre agradecia. Não lhe faltava nada. Ou quase. O filho viria quando fosse o momento oportuno, não cabendo aos homens perscrutar os desígnios de Deus.

Quando houve o problema com Beatriz, uma discussão tola acerca da possibilidade de ela engravidar, foram feitos alguns exames, não se constatando nenhuma anormalidade. Como pediatra, conhecia inúmeros casos em que bastava a mulher se despreocupar, esquecer o assunto, para ser surpreendida por uma gravidez. Ela deveria ter feito como ele próprio, que sequer se submetera a testes; afinal, na sua família o que não faltavam eram crianças. Logo, logo, o choro de um bebê encantaria aquela casa.

XVI

Beatriz se encostou nos travesseiros de penas de ganso, apoiados no espaldar da cama, sentindo-lhes a maciez e o calor do próprio corpo que começava a se irradiar. Era uma delícia o descanso, após longo dia de trabalho, num hotel luxuoso e aconchegante.

Sentia-se muito feliz. Tudo correra bem no primeiro dia. Melhor do que a previsão mais otimista. O pessoal do escritório suíço mostrou-se afável, tratando-os como se fossem velhos amigos, o que gerou uma empatia, que já apresentava frutos ao término do encontro.

Para sua surpresa, Tomás, que sempre fora considerado o maior especialista em fusões e era o coordenador dos assuntos do Crédit, declinou de sua posição, mantendo-a à frente da missão. Ela quase deixou de aceitar, pois a responsabilidade pesava demais. Se algo saísse errado as consequências seriam enormes, em todos os sentidos. Mas ela se preparara bastante, passando dias e noites a estudar o negócio. Agora, com Tomás no grupo, sentia-se mais segura, mais leve, tendo alguém à sua retaguarda.

O *happy hour* e o jantar com os meninos, como ela se referia em pensamentos aos advogados juniores, tinha sido divertidíssimo, num tom de camaradagem diferente daquele dos encontros no escritório, mesmo dos eventos festivos. Era o fato de estarem todos distantes de seus próprios mundo, de suas famílias e amigos, a tornar mais próximos aqueles que se consideravam meros colegas.

Lembrou-se de Ricardo, que lhe parecera acabrunhado. Ele contara haver tomado uma taça de vinho "em sua homenagem". Beatriz sorriu para si mesma, sem saber se aquilo era algo bom ou ruim. Imaginar o marido só, a beber um drinque em seu apartamento, era meio bizarro. Sentiu saudades dele, soltando um beijo no ar, para acarinhá-lo em pensamento.

No criado-mudo ao lado, observou o livro que comprara no aeroporto e ficou em dúvida se o devia ler, ou dormir imediatamente, aproveitando da moleza que sentia. Como o livro parecia interessante, resolveu pegá-lo, nem que fosse por alguns minutos.

O barulho de alguma porta batendo a despertou. Puxa! Deixara as luzes acesas ao dormir! Com os olhos meio fechados, reconheceu onde estava, vendo o livro caído no chão. Não se recordava direito do que ocorrera. Por um instante, temeu já ser de manhã e hora de se levantar. Pela janela semiaberta, viu ser ainda noite, mas olhou o relógio para se certificar: eram 2 horas. Que bom!

Teve vontade de fazer xixi, levantando-se para ir ao banheiro. Na volta para cama, parou em frente à janela e olhou para o lago. As luzes dos letreiros luminosos se refletiam nas águas; havia uma leve penumbra por tudo, realçando as pontes iluminadas por pequenas lâmpadas. Era uma cidade bonita, pensou.

Enquanto procurava o botão para descer as persianas de madeira, pois não queria claridade logo cedo, notou um vulto na pequena ponte. Que estranho! Deveria ser um vigia noturno ou um desocupado. No entanto, algo de familiar reteve o seu olhar: talvez fosse a postura, talvez a cor do sobretudo; ele era parecido com... Tomás! Não podia ser. Ele nem aceitara o convite para jantar, alegando estar cansado! Não, ele não ficaria naquela ponte em plena madrugada!

Fechou e abriu os olhos para obter maior nitidez: ele se parecia muito com Tomás. Algo o dizia. Finalmente se deu conta: eram os ombros curvados sobre o próprio peito, o jeito em que apertava as mãos, como no escritório há algum tempo. Primeiramente, alarmou-se: "aconteceu alguma coisa!"; "ligaram do escritório para ele; afinal, era o chefe de verdade"; depois refletiu um pouco e afastou o temor. "Não era nada; coisas do Tomás". Recordou de meses atrás, quando era comum vê-lo assim entristecido. "Deve ter tido uma recaída, coitado".

Beatriz voltou para a cama e só pensou em descansar. Os travesseiros eram maravilhosos. Ao apoiar a cabeça neles, já começava a sonhar: *Genève*, reunião, ponte, Tomás...

"Tomás!!!"

Abriu os olhos assustada, pensando no que ocorrera a Tomás. Não acontecera nada! Era tarde da noite e ele estava no meio daquela ponte. Ele devia estar voltando de algum lugar e simplesmente parou para olhar a vista. "Mas estava tão estranho." "Que nada; devia era ter bebido muito e estava em devaneios solitários. Vou tratar é de dormir!"

Por mais que tentasse, a preocupação com Tomás não a largava; havia uma impressão de que se dormisse, algo de ruim aconteceria, algo que ela poderia evitar.

Levantou-se, molhou o rosto no banheiro, e pôs seu casacão sobre os pijamas, descendo ao hall do hotel. Os seguranças e recepcionistas foram em seu auxílio, perguntando se precisava de um carro ou alguma ajuda. Agradeceu-lhes e saiu diretamente à rua, uma urgência a lhe dominar.

Ao se aproximar de Tomás, ele pareceu reconhecê-la, cumprimentando-a, porém, como se a encontrasse por acaso, num lugar qualquer.

— Beatriz! Que bom revê-la! — disse feliz.
— Tudo bem, Tomás? Tá precisando de alguma coisa?
— Não... Eu só tô olhando o lago.

Pelo seu olhar e voz, ela notou que ele bebera bastante, embora não parecesse embriagado. Uma tristeza profunda emanava da sua figura.

— Já é meio tarde...
— Eu sei.

Ela pensou em segurá-lo e acompanhá-lo até o seu hotel, mas ele disse de improviso, num tom assertivo:

— Venha até aqui!

Quando Beatriz chegou ao seu lado, ele virou-a de frente para o lago e disse:

— Sinta.

Ela não sabia o que fazer, o que ele queria dizer, mas ficou silente olhando o lago à sua frente, com as águas encrespadas pelo vento e os picos das montanhas sob o luar.

Após um bom tempo, Beatriz falou, como se algo houvesse terminado.

— Vamos, vamos juntos até o meu hotel. Lá poderemos conversar.

Eles se deram os braços, Tomás pôs a mão sobre seus ombros e ela o abraçou pela cintura, indo até o des Bergues. Ao chegarem ao seu quarto, Tomás se sentou num sofá da suíte e balançou a cabeça, olhando para o chão.

— Eu não queria te atrapalhar — disse.

— Não está atrapalhando.

— Às duas da manhã? — perguntou com um sorriso.

— Eu me deito tarde. Você quer um café?

— Quero.

Havia na suíte, sobre um aparador, uma pequena máquina de café expresso, além de bules e xícaras, uma caixa de madeira contendo diversos tipos de chá e cookies embrulhados.

Beatriz procurou onde ligar a máquina e após algumas tentativas conseguiu tirar o café, que parecia quente e cremoso. Um pouco constrangida pela situação, disse brincando:

— Pelo menos, se a fusão não sair, já posso trabalhar numa cafeteria!

Tomás riu, mostrando certo ânimo.

— Vou tomar um também.

Tomaram o café em silêncio, como se não precisassem falar nada.

— Você não quer um cookie? Ajuda a dar uma força!

— Não... Eu já vou.

— Calma, Tomás; me diga o que está acontecendo. Eu posso ajudar de alguma forma?

Ao dizer isso, Beatriz, que estava na cadeira ao lado, pegou as mãos dele nas suas, apertando-as fortemente.

— Não, ninguém pode.

Tomás tinha os olhos marejados e parecia sofrer. Beatriz sentou no sofá e o abraçou, acariciando seus cabelos gentilmente.

Soube, então, que o amigo passara os primeiros dias de sua lua de mel em *Genève*, que haviam se hospedado naquele mesmo hotel onde Tomás estava e que voltaram à cidade muitas vezes, em ocasiões felizes e significativas.

Sentiu pena dele e, sem saber o que lhe dizer, perguntou:

— Mas por que você voltou aqui? Justo aqui! Você não deveria, ninguém aguenta uma coisa dessas!

A pergunta ficou no ar até que Tomás respondeu, como se falasse consigo próprio:

— Eu acho que queria reviver aquilo... Matar as saudades da Rafi; sentir que ainda há vida dentro de mim, que eu continuo sendo eu mesmo apesar de me sentir tão diferente, tão inútil...

— Não fale assim, meu amigo, não fale assim.

Tomás queria levantar-se e ir embora, envergonhado de prejudicar a noite de sono de Beatriz, mas se deixou ficar mais uns instantes, sentindo o calor que emanava dela.

Por fim, levantou-se e disse:

— É mais que hora! Já atrapalhei você o bastante!

— Não tenha pressa; eu estou gostando dessa nossa conversa.

— Eu também — dizendo isso, Tomás deu ligeiro abraço nela, beijando-lhe o rosto.

— Obrigado, Beatriz. Até amanhã.

XVII

Ao ouvir o toque recomeçar, Solange apertou o botão para desligar o celular, irritando-se com os segundos que isto levou.

— Droga! — disse em voz alta.

Ela não queria falar com ninguém, nem receber mensagens de qualquer tipo. "Podiam, por favor, deixá-la em paz? Esquecerem que ela existia?"

Fazia já uma semana que ela não saia do apartamento, não obstante começarem a faltar alimentos frescos, bem como alguns itens essenciais da rotina diária. Ela simplesmente não sentia ânimo de fazê-lo, como se suas pernas pesassem duas toneladas. Só queria ficar deitada pensando na vida.

Mas não adiantava, admitiu para si. Depois de dias refletindo no que fazer, seus pensamentos haviam se tornado automáticos, repetitivos, indo, por um caminho enfadonho, de um determinado ponto inicial até a mesma conclusão.

Uma única coisa ela sabia: tinha que resolver como seria sua vida sem Tomás!

Após duas semanas, nas quais ainda nutrira uma vaga esperança, o silêncio dele se impunha como uma certeza inegável, absoluta, a lhe tirar o tapete sob os pés. Pega de surpresa, caíra, e parecia que todo o peso do mundo se aproveitava disso para espremê-la contra o chão.

Como isto pôde acontecer? Perguntava-se repetidas vezes. Como fora deixar-se apaixonar a esta altura da vida? Como ele podia esquecê-la assim do nada, de uma hora para outra?

Ela julgava conhecer os homens, e os conhecia de fato, mas a atitude de Tomás não tinha qualquer motivo, qualquer razão. Ela não lhe pedira nada. Estava apenas vivendo um momento feliz na vida, e tinham sido tão poucos...

Quando Tomás lhe falou que *precisaria* ir para a Suíça, ela intuiu — como um choque elétrico — que alguma coisa mudara nele, pois havia uma sensação de fim, de despedida, que lhe era inexplicável.

Ela sabia que aquilo não era verdade, pelo menos no âmago das coisas. Tomás não estava numa posição de *ser mandado* para algum lugar; ele quisera ir; isto era mais claro que a luz do sol.

Por quê?

Não havia um porquê; não havia nem razão para haver um porquê! Afinal, ela não era uma puta? Um homem bonito e bem-sucedido teria de dar explicações para ela; justificar-se, inventar desculpas?

"Não, sua *Idiota!*"

Solange pegou a almofada ao seu lado e a arremessou na direção dos enfeites sobre a mesa, derrubando-os com estrondo. A seguir, levantou-se, parou e se sentou de novo. Queria muito chorar, mas não conseguia!

◘ ◘ ◘

Na faculdade de administração de empresas, Solange era tida como a caloura mais bonita; queriam que disputasse o concurso de "Miss" dos jogos universitários. Ela nem pensou na possibilidade, só de imaginar o que falariam na sua cidade natal; um pequeno povoado no litoral.

O simples fato de querer estudar na Capital, de pretender fazer um curso superior, já fora tomado como algo impróprio, que uma moça com a cabeça no lugar não deveria cogitar, ainda mais tendo uma mãe viúva para cuidar. O valor da pensão recebida mal dava para as despesas da casa, e se não fosse por sua irmã, que se casara com o dono da lotérica, todas estariam passando fome.

Solange, no entanto, estava decidida: não iria trabalhar na fábrica de palmitos, nem como recepcionista da pousada e muito menos se casar com algum dos pretendentes locais. Como sempre fora estudiosa e apegada aos livros, sonhava com um futuro melhor, a ser vivido na cidade grande, em São Paulo ou no Rio de Janeiro, quiçá até na Califórnia, pois era a melhor aluna de inglês da escola.

Assim, quando completou dezoito anos, levantou os valores de uma indenização trabalhista do pai, depositados no Fórum, e foi-se embora para a Capital paulista, onde ingressou na faculdade. Morava numa república com mais quatro meninas, trabalhando num shopping como ajudante-geral.

Nos primeiros anos, enfrentou com determinação a árdua rotina diária, comendo sanduíches nas refeições, para poder pagar o curso noturno e as despesas de moradia. Não lhe sobrava nada, ou quase nada, para todo o resto. Sentia vergonha de sempre repetir as mesmas roupas, de usar o sapato carcomido, de não poder aceitar qualquer convite, nem que fosse para um cinema. Mas ia levando, o futuro a esperava mais à frente.

Ocorre que o último ano da faculdade chegou e nem ela, nem os poucos colegas remanescentes, haviam conseguido algum progresso em suas vidas profissionais. O desânimo era total. Solange passara por três empregos diferentes ganhando o mesmo salário e exercendo praticamente as mesmas funções, não obstante ser uma universitária prestes a se formar.

— Você tem que arranjar um corre; senão não rola — disse Regina, a colega de trabalho com mais experiência.

— Que corre é esse?

— Alguém que tenha interesse em te ajudar, que te indique *p'ruma* coisa boa — respondeu-lhe Regina, enquanto checava uma lista de endereços.

— Será que algum professor...

— Esquece! Esses caras são uns merdas. Não têm dinheiro pra nada!

— Eu não conheço ninguém.

— Então minha amiga, vai preparando a mala para voltar!

Solange só compareceu à cerimônia de colação de grau, declinando de comprar os convites para a festa que ocorreria no sábado seguinte. Ela bem gostaria de estar com os amigos naquela despedida da vida acadêmica, mas não tinha dinheiro para comprar sapatos e vestido adequados. Ademais, sua família se restringia a mãe e a irmã, que não poderiam participar; a primeira, por estar adoentada; a segunda, por falta de vontade e embaraço nos eventos sociais.

O diploma "na mão", ao contrário do imaginado, só veio a trazer mais problemas para Solange, pois permaneceria na mesma função na empresa na qual trabalhava, sendo que a república acabou desfeita, com a partida de várias meninas. Restava-lhe procurar local onde morar. Sua única opção no momento seria dividir um flat com Regina, sua conhecida desde os tempos do shopping, o que consumiria a totalidade de seu salário. O lado bom de não ter opções, Solange pensou desanimada, é não se ficar remoendo em dúvidas. Assim, mudou-se já no mês de dezembro para sua nova casa, desconhecendo como seriam as coisas, pois, na verdade, não tinha a menor intimidade com Regina.

Logo de início, porém, percebeu que não teria problemas com a nova colega, eis que Regina era uma mulher ordeira, alegre e que sabia respeitar limites. As duas passaram a dividir tanto os ônus como os pequenos confortos oferecidos, cada uma tendo quarto e armários individuais.

Em pouco tempo tornaram-se amigas, pois, embora Regina fosse mais velha, tinham muitos interesses comuns. A diferença entre ambas só se fazia notar no estilo de vida. Enquanto Regina saia quase todas as noites, indo a bares, restaurantes e festas, Solange vinha do trabalho para casa, indo somente a parques públicos nos fins de semana. De outra parte, a amiga deveria ter um salário muito melhor, pois ostentava um belo guarda-roupa e frequentava lugares inacessíveis a ela.

    Certa noite, ao se arrumar para sair, Regina perguntou se Solange não gostaria de ir junto; jantar e depois uma balada. O rapaz com quem sairia tinha um amigo legal e estava precisando de companhia. Solange relutou, mas, como fazia muito tempo que não se divertia, acabou aceitando o convite.

    Regina lhe franqueou todas as suas roupas, ajudando-a a escolher uma que lhe caísse bem. Quando viu Solange pronta, protestou indignada:

    — Caramba! Você tá muito mais gata do que eu! Melhor eu me cuidar! — disse e caiu na risada.

    Elas já estavam no bar do restaurante, quando Regina a cutucou:

    — São eles! O Roberto é o mais alto, de barba.

    Solange sentiu na hora um forte arrependimento e desejou ter ficado em casa, em frente à TV ou lendo alguma coisa. Roberto, embora fosse bonito, era muito mais velho do que ela. Além disso, vestia-se de um modo exageradamente arrumado; portava um enorme relógio dourado e uma espécie de pulseira, sendo que estava uns quilos acima do peso. Não seria alguém com quem Solange pensaria em sair.

Para sua surpresa, tanto Roberto como o amigo de Regina eram tipos carismáticos, com um bom humor incomum, que pareciam aproveitar cada minuto da noite. Recusavam-se a falar de problemas ou de questões pessoais mal resolvidas. Estavam ali para se divertir e as divertirem!

O jantar transcorreu num tempo imperceptível, apesar das entradas, pratos principais, sobremesas e licores, sendo que à saída do restaurante, cada um dos amigos estava com seu próprio carro. Solange não entendia muito, mas notou que o de Roberto era um Mercedes-Benz enorme, com rodas largas e estilo esportivo. Nunca entrara num veículo semelhante, surpreendendo-se com o luxo de seu interior. "É, este é o mundo dos ricos", pensou.

De lá, foram até a "balada", como chamavam aquele local diferente, com um lindo bar, garçons em uniformes formais e pista de dança pequena, rodeada do que havia de melhor em tecnologia, luz e som. Após dançarem, sentaram-se em mesas separadas, em cantinhos côncavos espalhados pelo salão pouco iluminado.

Roberto pegou lentamente em sua mão, fez-lhe um afago nos cabelos e a beijou de modo inesperado, pois não tinham falado nada de pessoal ou importante, a estabelecer alguma relação entre eles. Solange tentou afastá-lo, mas acabou beijando-o também, impelida pelas bebidas e pelo longo tempo sem nenhum carinho físico.

XVIII

— Chega por hoje?
— Acho que sim. Já não estou entendendo mais nada!

Tomás digitou algumas palavras no laptop, leu com atenção o que escrevera e o fechou com ar triunfal. Era o fim de um longo dia de trabalho, quase sem interrupções desde a manhã. Ao olhar pela janela, reparou com satisfação que ainda não escurecera, embora o céu estivesse todo cinza num fim de tarde bem frio.

Ao entrarem no elevador, perguntou à Beatriz:
— Os rapazes já foram?
— Acabaram de sair. Coitados, pediram sanduíches aqui mesmo!

Estavam no moderno prédio do Crédit, todo envolto por vidros verdes, numa das ruas mais charmosas de *Genève*. Havia se tornado um hábito que Beatriz e Tomás, como advogados seniores, fossem os últimos a saírem, após conferirem as petições e memorandos elaborados por toda a equipe. Os documentos eram copiados e enviados à sede do escritório no Brasil.

Beatriz fazia questão de subir até o sexto andar, onde Tomás tinha a seu dispor uma ampla sala, para "buscá-lo", isto é, evitar que o amigo ficasse até tarde da noite trabalhando, sob o pretexto de haver algo urgente a resolver. Ela já percebera que o trabalho era como válvula de escape a Tomás, que afogava sua solidão na atividade intelectual.

Eles saíam tranquilamente pela *Rue de Rhône*, olhando as belas vitrines e o vaivém de pessoas, passavam pela ponte sobre o Léman até chegarem ao hotel de Beatriz. Na maioria das vezes, tomavam um café ou um chocolate numa das cafeterias do percurso, aproveitando estarem só os dois para avaliar o desempenho dos "meninos" e conversarem sobre a estratégia a seguir na consolidação da fusão, pois, a cada dia surgia uma alternativa nova, advinda do banco concorrente, das variações do mercado ou do próprio escritório no Brasil.

Naquele fim de tarde, ao se aproximarem do lago, foram surpreendidos pelo início de uma nevasca, que começou com a queda de pequenos flocos, que pontilhavam sobre os paralelepípedos e os trilhos dos bondes, até tornar-se um colchão branco cobrindo todos os caminhos.

Tomás e Beatriz se protegeram sobre uma marquise, já com os casacos salpicados de neve, e ficaram olhando o bonito espetáculo da natureza. Beatriz ria e se divertia com a neve caindo.

— Como é que eles não têm frio?

Tomás olhou para o lago e viu os grandes cisnes brancos a nadarem imponentes e sossegados, como se não houvesse motivos para alterar a doce rotina, e disse feliz:

— Sei lá, já ouvi dizer que é por causa das penas; um tipo de isolante térmico.
— E agora? Como faremos para atravessar? Só se comprarmos um guarda-chuva!
— Não vamos atravessar. Eu vou levá-la a um lugar!
Falando isso, Tomás pegou o braço de Beatriz e a conduziu até a esquina, onde cruzaram a rua em frente a uma espécie de loja: "Caviar House", lia-se numa pequena placa.
Beatriz olhou para ele com ar interrogativo, sem entender o que lá faziam. Quando um senhor de terno veio e abriu a porta, Tomás lhe disse:
— Vamos subir ao restaurante!
Por uma pequena escada lateral alcançava-se um salão com vista para a praça, no qual havia umas poucas mesas impecavelmente preparadas. Ao redor de um luxuoso bar, sofás e poltronas de couro formavam outro ambiente, destinado a degustação dos produtos.
A recepcionista lhes perguntou por reservas e, ante a negativa de Tomás, consultou num iPad se ainda havia lugares.
— Somente no bar, senhores; talvez mais tarde possa lhes arranjar uma mesa.
— Está perfeito para nós!
Após entregarem os casacos e se sentarem num dos sofás, naquele ambiente protegido do frio e da neve, ambos suspiraram aliviados, deixando-se ficar. Nem o cardápio queriam ler.
Quando o garçom se aproximou, Tomás fez o pedido, explicando em detalhes como queria as iguarias, demonstrando certa familiaridade com o local.

— Vamos de champanhe ou vodca? — perguntou à Beatriz, como se só houvesse essas possibilidades.

— Champanhe!

Quando o garçom encheu as taças, antes do brinde, Beatriz quis saber:

— Estamos comemorando alguma coisa que eu não saiba?

— À primeira neve do ano! — disse Tomás feliz, embora algo tenha passado sob seus olhos ao pronunciar tal frase.

🔲 🔲 🔲

A noite chegou, pequenas luzes foram se acendendo em volta do lago, enquanto a neve persistia em cair. O restaurante lhes parecia uma caverna ao abrigo do inverno. Nenhum dos dois tinha horário a cumprir, pessoas a dar explicações ou uma mínima pressa. A nevasca suspendia o tempo.

Ao olhar para Beatriz, sentindo-a tão próxima, Tomás pensava na relatividade das coisas. Sempre foram colegas e amigos, desde a faculdade. Trabalhavam no mesmo escritório há anos. Mas aquele mês passado em *Genève* parecia maior que todo o período anterior.

— Cinco francos pelos seus pensamentos!

Quando percebeu a pergunta, Tomás sorriu, e antes de responder, serviu mais um canapé à Beatriz, completando as taças.

— Na sexta-feira fará um mês que estamos aqui!

— Até que passou rápido; no começo, parecia tanto tempo; não acha?

— É...

— Você me parece melhor, mais tranquilo. Tá tudo bem com você? De verdade?

Beatriz aproveitou o momento para contar a ele o quanto sentira pela morte de Raquel, o quanto queria ter compartilhado de sua dor. Sentia-se culpada. Não soube lhe externar seus sentimentos; nem ela nem ninguém no escritório. Sem querer, foram se afastando, como se a distância fosse o único meio de respeitá-lo, ou de evitar que sofresse com as lembranças.

Tomás ficou feliz ao ouvir Beatriz, pois embora soubesse não ter razão, às vezes se sentira abandonado, por eles e por todos. Sensibilizado, deu um beijo no rosto dela.

— Obrigado. Não se preocupe. Não havia nada que alguém pudesse fazer.

— Mas e você? Tá melhor?

Tomás apenas levantou as sobrancelhas, permanecendo em silêncio.

— Você tem que refazer a sua vida, Tomás. Você é muito jovem para ficar sozinho.

Ao ouvir isso, ele sorriu e balançou a cabeça.

Beatriz, que já havia tomado várias taças, deixou-se vencer pela curiosidade:

— Você já teve alguma namorada? — perguntou animada.

Ele não pretendia falar nada, pois sequer sabia a resposta correta, mas sentiu uma necessidade de se abrir, de compartilhar as dúvidas que lhe corroíam desde o rompimento do relacionamento. Falou sobre Solange e sobre o que sentia por ela, sem mencionar como a conhecera.

— Que legal! Isto é ótimo. Fico feliz por você! Não seja bobo, ligue pra ela, ligue agora mesmo! — disse Beatriz, pegando o celular em sua bolsa.

— Espere, Beatriz, eu não te contei tudo!

— O que mais importa? Você sempre complicando as coisas.

— A Solange é uma garota de programa!

Ela fingiu não escutar ou entender. Enquanto pensava no que dizer, comentou sobre o chip de seu telefone, que permitia fazer ligações para toda a Europa, exceto para a Suíça.

— Por isso eu uso dois, mas devo ter deixado no hotel.

Beatriz olhou para ele, olhou para a praça, para o lago. Ela não queria mentir. Por fim, olhou nos olhos de Tomás e disse:

— Puxa vida! Quanta coisa, meu amigo.

XIX

Era uma quarta-feira e todos pareciam estar exaustos. Tomás observara que o nível dos trabalhos piorara nestes últimos dias, como se os pareceres tivessem sido feitos com pressa ou sem a dedicação habitual. "Deve ser o tempo", pensou, lembrando-se do vento e da chuva miúda que fustigava *Genève*.

Ligou para o ramal de Beatriz, pedindo que subisse à sua sala.

— Você reparou que as peças deram uma decaída? São Paulo retornou vários esboços de contratos!

— Eu vi; mesmo eu cometi alguns deslizes.

— E o que você acha?

— Todos estamos trabalhando demais. Com esse tempo, ninguém para nem pro almoço, ficamos até tarde... Todo mundo tá cansado.

Tomás anuiu com a cabeça, fazendo expressão de quem pensava seriamente no assunto. De repente, deu um sorriso, procurou alguma coisa em sua gaveta, e abriu uma pequena agenda telefônica. Com a mão fez sinal para que Beatriz esperasse ali mesmo, discando um número em seu celular.

Quando foi atendido, perguntou por um tal de *monsieur* Bovin e ficou aguardando com certa satisfação no rosto. Beatriz notou a alegria de Tomás ao falar com seu interlocutor, parecendo-lhe ser um amigo que não escutava há tempos.

"Seria possível arranjar quatro quartos para amanhã, ficariam até segunda-feira"; Beatriz ouviu-o dizer sem nada entender. Por fim, Tomás agradeceu e mandou abraços, desligando o celular.

— Pronto! Resolvemos o problema!
— Quê?
— Vamos tirar uns dias de férias! Vamos a *Crans-sur-Sierre*!

Quando Beatriz contou a novidade para os advogados juniores, a princípio eles riram, imaginando tratar-se de uma brincadeira. Ela precisou jurar até que se convenceram e ficaram preocupados com os preparativos. "Eu não tenho roupas de esqui". "O escritório pagará tudo, senão não posso ir". "E os pareceres, vamos ficar off-line?". As perguntas eram tantas que Beatriz chamou Tomás para explicar; afinal, essa ideia maluca era dele.

Tomás tranquilizou a todos: o escritório costumava oferecer umas férias às equipes no exterior; se e quando o advogado a chefiar a missão achasse conveniente. Neste caso, ele e Beatriz entenderam ser o momento oportuno. As despesas necessárias de roupas, aluguel de equipamentos, transportes e hospedagem completa seriam pagas com os cartões corporativos.

— Eu acabo de telefonar para os associados avisando que está tudo em ordem e que faremos esta pequena pausa. Nosso trem de *Genève* a Sion parte às nove horas; de lá pegaremos táxis para Crans.

Ao jantarem à noite, Beatriz contou a Tomás da alegria dos jovens advogados, que mais pareciam colegiais saindo em excursão da escola. Ela estava feliz, mas um pouco preocupada, sentindo-se responsável pelo que poderia acontecer.

— Que bobagem, Beatriz! — disse Tomás rindo. — Eles são adultos e tudo vai sair bem. Deixe tudo comigo.

🝔 🝔 🝔

De fato, as coisas aconteceram como planejado. Após comprarem as roupas de esqui, dirigiram-se à estação, onde chegaram com meia hora de antecedência. Tomaram um café e subiram ao binário indicado para esperar o trem. Como fazia frio, todos ficaram dentro de um abrigo envidraçado, onde havia cadeiras para se sentar. Tomás foi a exceção, tendo preferido caminhar na plataforma ao lado dos trilhos até ao fim da estação, em idas e vindas. Tinha um ar contemplativo, como se estivesse em grandes confabulações mentais, não se podendo dizer se estava feliz ou triste.

Na verdade, era um hábito espontâneo de Tomás, que gostava de ver a perspectiva da cidade, as locomotivas e os vagões a manobrar. Observava também os pequenos apartamentos em volta da *Gare*, onde a vida corria em sua rotina tranquila, com roupas dependuradas para secar, mulheres cozinhando e senhores lendo jornais, sem se importar com a agitação dos que chegavam ou partiam.

Após o anúncio nos alto-falantes, o trem surgiu imponente e veloz, parecendo que não iria parar na estação, mas foi diminuindo o ritmo de forma imperceptível até a imobilidade, colocando-se no exato local demarcado na estação. Havia leve cheiro de metal e borracha no ar, demostrando a força da frenagem. As portas se abriram com o estrondo dos que queriam subir; em instantes, as malas e os passageiros que se avolumavam ao lado dos vagões não eram mais vistos; de quepe e usando uma farda, um funcionário já idoso tocou solenemente seu apito e, às 13 horas em ponto, o trem partiu suavemente.

No início da viagem, a paisagem era tomada de um lado pelo Lác Léman, de outro por pequenas propriedades rurais que se preparavam para o inverno, com grandes rolos de feno dispostos ao lado de estábulos, embora o gado ainda pastasse por prados acinzentados. À medida em que o trem subia, montanhas cada vez maiores e íngremes, verdadeiros paredões de rocha tomavam toda a visão das janelas, reduzindo o tamanho do trem; apequenado ante a imensidão da natureza.

Ao chegarem a cidade de Sion, uma das maiores da região do Valley, verificaram que o ônibus para Crans partia em poucos minutos. Resolveram tomá-lo em vez de ir de táxi, pois poderiam ir todos juntos. Foi a melhor decisão, eis que da altura do ônibus tinham vista panorâmica do sinuoso percurso montanha acima, com chalés de madeira, pequenas vinícolas e restaurantes. Em Sion, o chão já estava coberto por uma neve pisada, congelada e dura, que cobria a maior parte das encostas e das beiradas dos telhados.

Mal começaram a subir pela estrada — que em alguns pontos não permitia a passagem de dois veículos ao mesmo tempo — e a paisagem foi sendo salpicada de branco, de uma neve fofa que só aumentava, tomando ambas as bordas do caminho. Minutos depois, uma chuvinha fina foi substituída por gotículas de neve, que voavam ao vento de tão leves. A cada quilômetro que o ônibus avançava, maior se tornava a nevasca, caindo agora em flocos pesados como algodão.

Pedro, que se sentara ao lado de Tomás, só dizia:
— Demais, chefe, vai ser demais!

Quando se aproximaram de Crans o sol já se punha no horizonte, banhando de um vermelho-lilás a floresta de pinheiros, os caminhos e as montanhas em volta.

Era um momento que entristecia, pensou Tomás, um momento de término, de fim. Por estranho que parecesse, a escuridão da noite que se seguiu trouxe conforto e aconchego, como quando se chega à casa dos pais.

⌘ ⌘ ⌘

O hotel era um grande chalé de três andares, uma das construções mais antigas de Crans, com grossas vigas de madeira, paredes de pedra e antigas chaminés. Pertencia à mesma família há gerações, sendo que o filho mais novo — atual gerente do estabelecimento — o remodelou com melhor da tecnologia e da decoração contemporânea, criando um ambiente fantástico.

Monsieur Bovin destinou a Tomás a suíte do terceiro andar, com terraço e sala de estar, dando para o vale entre as montanhas; para Beatriz, uma suíte no segundo andar e para os jovens advogados um amplo quarto no primeiro andar, geralmente utilizado por famílias.

Pedro comentou em voz alta:

— Um dia eu chego lá!

Beatriz e Tomás riram, enquanto os demais fingiram não escutar o comentário.

⬚ ⬚ ⬚

Ao acordarem de manhã, os jovens se surpreenderam com o dia de sol e céu azul, sem nenhuma nuvem, que fazia a neve lá fora brilhar até ofuscar a vista.

Na sala do café da manhã, com uma parede toda envidraçada dando para as montanhas, encontraram Tomás tomando uma xícara de café, já de óculos escuros e de roupas de esqui. Sentaram-se à mesma mesa, admirados com a mudança climática. Todos estavam animadíssimos.

— Esta é uma das regiões mais ensolaradas da Suíça — disse Tomás — tinha certeza de que pegaríamos belos dias.

Enquanto eles estavam se servindo no buffet, repleto de variedade de queijos, pães e tortas, Beatriz apareceu, causando um impacto em Tomás, que a ficou olhando sem dizer ao menos "bom dia".

— O que foi? Aconteceu alguma coisa?

Ela usava uma calça de esqui justa, que lhe modelava as pernas e o quadril, bem como uma camiseta térmica agarrada ao corpo. Era uma pessoa totalmente diversa da que Tomás conhecia do escritório, parecendo-lhe muita mais jovem e sensual.

— Não... nada! Você é que está diferente!

— Eu não viria aqui com os vestidos e saias do trabalho!

— Claro... evidente.

Para sorte de Tomás, Pedro e os demais voltaram, trazendo cada qual dois pratos do que havia no buffet, o que lhe permitiu sugerir à Beatriz que fossem se servir.

Terminado o régio café da manhã, foram andando por caminhos ladeados de neve até ao pé da montanha, de onde partia o teleférico que os levaria às pistas de esqui. Do grupo dos jovens, apenas Marcelo já havia esquiado alguns dias, há muitos anos, não se sentindo habilitado para tanto. Tomás não teve dúvidas. Levou-os até o chalé da Escola Suíça de Esqui, contratando aulas em grupo por toda a manhã, pois não queria correr o risco de um acidente. Eles ficariam no primeiro estágio do teleférico, numa parte não tão íngreme da montanha, local das pistas para os iniciantes.

Tomás e Beatriz subiram à última plataforma para aproveitar a neve fofa e a linda manhã de sol. Depois de dias e mais dias sentados à frente de um computador, o ar livre, o exercício físico e, principalmente a natureza exuberante, trouxeram-lhes uma sensação maravilhosa. Os dois quase não se falavam. Apenas sorriam e apontavam uma direção, para deixarem-se levar montanha abaixo, o vento sibilando contra suas faces.

Após umas três horas de esqui, ao chegarem novamente ao topo e descerem das cadeiras do teleférico, Tomás disse:

— Eu não aguento mais! E você?

— Também não!

— Vamos "à melhor parte"? — Ele apontou para as espreguiçadeiras postas ao sol, do lado do restaurante, mirando os picos cobertos de neve e perguntou:

— Cerveja?

Sentaram-se com as garrafas nas mãos e tomaram o primeiro gole; a garganta seca do exercício e os Alpes à frente. Tomás disse sorrindo:

— Será que estamos mesmo aqui? Se eu estiver sonhando, por favor, não me acorde!

Beatriz lhe sorriu de volta e bateu sua garrafa levemente à dele:

— Aos bons momentos da vida!

Por alguns minutos ambos ficaram em silêncio, sentindo o sol do inverno no rosto, respirando o ar dos pinheiros, descansando as pernas cansadas. Enquanto bebericavam, Tomás falou, meio em tom de pergunta:

— Será que os momentos de felicidade são tão bons só por que são raros?

— Sei lá.

Após deixar a pergunta sem resposta, parecendo estar absorta na natureza que os circundava, Beatriz disse que se sentia feliz na maior parte do tempo. Tinha um dia a dia repleto de coisas boas; coisas pequenas, mas que lhe davam muita felicidade. A família, os amigos e o marido formavam como que um círculo, no qual se sentia protegida e feliz.

— Falando assim — disse Tomás — parece algo fácil de se alcançar.

— É, eu acho que foi mesmo.

— Como você conheceu seu marido?

— Ele era amigo de um primo meu, que estudava Medicina. Um dia saímos todos juntos, depois ele me telefonou, marcamos de nos encontrar e a coisa foi. Quando vi, eu já estava gostando dele e ele de mim.

— E deu tudo certo, não houve problemas? — perguntou Tomás, quase que indignado.

— Não. Para mim, casar e constituir uma família era algo tão natural, que eu nem me questionei muito. Ricardo sempre foi um homem gentil e honesto. Ele era bem bonitão; ainda é, só anda meio desleixado; também trabalha tanto. Sabe que além do consultório, ele trabalha numa organização para crianças carentes três vezes por semana! Ele tem um anseio de prestar serviços à coletividade, de ajudar os outros. É um cara muito legal.

— Sem dúvida. Você deu sorte.

Tomás soltou um suspiro, enquanto mexia com a bota no chão, como se quisesse fazer um desenho na neve. Parecia subitamente entristecido. Ela imaginou quais seriam seus pensamentos e se sentiu um pouco arrependida por ter falado da sua felicidade. Pegou no braço de Tomás e lhe disse com afeto:

— Você também dará, meu amigo!

Tomás só balançou a cabeça.

— A sua amiga, a sua namorada... Ela pode ser uma pessoa boa. Quem sabe se você desse...
— Não — apartou bruscamente Tomás. — Eu não tenho cabeça para isso. Eu já tentei!
Ao falar isso, ele se levantou, como se houvesse alguma urgência. Percebendo o mau jeito, pensou um pouco e disse:
— Vamos almoçar agora, a cozinha fecha cedo!

XX

Com uma rapidez que assustou a todos, chegou o último dia da viagem, trazendo ânsia de aproveitá-lo e a tristeza antecipada do fim das curtas férias. Pedro e os outros advogados adoraram esquiar; estavam vermelhos e bronzeados. Com exceção dos círculos brancos em volta dos olhos — quando tiravam os óculos escuros — e dos lábios rachados do frio, pareciam ter passado todo o verão em Ipanema.

Ao se sentarem todos para o café da manhã, Tomás olhou-os com satisfação, percebendo que estavam felizes e revigorados, prontos para a etapa crucial dos trabalhos. Acertara na decisão de fazer aquela pausa. Ele e Beatriz também tinham novo aspecto, como o de roupas após serem lavadas e estendidas no sol. Sentia-se bem, apesar das fortes emoções afloradas na involuntária *catarse* dos últimos dias. Beatriz, com sua franqueza e preocupação, não permitia que se ficasse na superfície; ia até o âmago dos seus sentimentos. "Talvez fosse uma coisa boa", pensou.

Marcaram uma confraternização de fim de viagem, um jantar com todos juntos, a convite de Tomás. Nos dias anteriores, ele e Beatriz jantaram separados dos mais jovens, que comiam em lanchonetes e depois iam às baladas. Ele preferiu lhes dar dinheiro em espécie, debitando as despesas totais em seu cartão corporativo, pois sabia que se constrangeriam em apresentar gastos com diversão e bebidas. Afinal, já fora um advogado júnior do escritório.

◘ ◘ ◘

Enquanto se barbeava em frente ao espelho, Tomás tentava se lembrar do que fizera em cada dia, pois o tempo havia passado rápido demais. Viu-se esquiando junto de Beatriz, viu-se sentando em frente às montanhas, descansando feliz; pensou nos restaurantes à noite, na conversa gostosa regada a vinho. Arrependeu-se um pouco de ter convidado todos da equipe. Na verdade, preferiria jantar só com Beatriz.

Foram a um restaurante italiano, que além dos pratos diferenciados, "fazia os melhores crepes da Suíça", segundo as palavras de Tomás. Todos se divertiram e riram bastante com as histórias dos jovens, que haviam aproveitado ao máximo a estação de esqui. A conclusão unânime era que precisariam voltar um dia.

— Temos que arranjar uma nova fusão! — repetia Pedro, como se falasse de uma possibilidade concreta.

Tomás e Beatriz se despediram deles à porta do restaurante, desejando-lhes uma boa noitada na balada, tendo o primeiro advertido que partiriam às 8h30, pois não poderiam perder a conexão em Sion.

Foram os dois caminhando até o hotel, observando pela última vez os lugares que já tinham se tornado familiares; parecia terem vivido anos entre aquelas cafeterias, lojas típicas e os aconchegantes restaurantes. Ao chegarem no hotel, Tomás disse a Beatriz em tom de despedida:

— Bom, eu vou dar a minha voltinha.

Usualmente, ele saia para caminhar até Montana, por um pequeno caminho ao lado do hotel, no que chamava de momento de meditação. Apreciava andar e olhar a natureza, deixando a mente vagar por um mundo de sonhos e recordações. Beatriz intuía que ele gostava daquele instante só para si, mas, nesta noite, disse:

— Eu posso ir com você? Prometo não falar uma palavra!

— Claro, Beatriz; pra mim é uma alegria. Eu não a convidava por causa do frio; deve estar abaixo de zero.

— Onde vai dar este caminho coberto de neve?

— Você vai ver — disse Tomás, com um sorriso orgulhoso.

Como no início havia bastante neve acumulada no chão, Tomás estendeu a mão para Beatriz, ajudando-a a não escorregar. Mais à frente, o piso melhorava, com uma uniforme camada de neve que só marcava os passos com um leve ruído de *crek, crek*, conforme avançavam sob enormes pinheiros.

Após andarem uns quinhentos metros, o percurso se estreitava, havendo espaço para apenas duas pessoas caminharem lado a lado, entrando num bosque. Este era composto de muitas árvores, todas com seus galhos pesados de neve, que exalavam perfumes cítricos ou ligeiramente adocicados. Antigos lampiões, muito distantes uns dos outros, projetavam sua opaca luz aqui e ali, permitindo entrever a direção a seguir. Beatriz se agarrou forte ao braço de Tomás, diminuindo o ritmo de seus passos.

Um pouco mais adiante, após subirem uma pequena ladeira, deram-se de frente a um lago congelado, ao lado do qual o caminho seguia a perder de vista. Neste ponto, o luar dominava toda a cena. Podia-se ver, numa noite azulada pela lua, os exatos contornos do lago, com suas bordas irregulares, onde o gelo parecia mais líquido e fino. No centro, um maciço qual mármore branco, refletindo o brilho da lua, possibilitava enxergar tudo em volta, dentro da escuridão da noite.

Tomás apontou para continuarem em frente e pegou a mão de Beatriz para conduzi-la a um local.

— O que é?

— Vamos nos sentar.

Beatriz pisou cautelosamente, indo na direção do lago até ver um antigo banco de ferro, meio coberto de neve recém-caída, debaixo de dois grandes pinheiros.

Ele passou a mão sobre o banco algumas vezes, jogando a neve para o lado e indicou o lugar para que ela se sentasse. Mesmo sobre seu grosso casaco de lã, Beatriz sentiu o gelo do banco, incômodo no primeiro instante, mas a vista à sua frente, o silêncio absoluto e a grandiosidade da natureza ao redor, impediram-na de se mexer.

Tomás se sentou ao seu lado e, ao ver que ela tremia um pouco, abraçou-a com um braço, encostando seu corpo no dela. Ficaram quietos, pois não havia necessidade de falar. Qualquer palavra seria insuficiente.

Um tempo depois, a neve de um dos galhos do pinheiro pesou demais e escorregou de uma vez ao lado deles, fazendo um estrondo que assustou Beatriz. Ela abraçou Tomás e eles assim ficaram, até que ela voltou a tremer, pois o frio parecia entrar por suas roupas.

— Brrr, que frio!

— Vamos, senão você congela.

Caminharam de volta até o hotel, andando o mais devagar que o frio permitia, sendo que Beatriz já não sentia a ponta do nariz e dos dedos. A porta do hotel, embora não fosse tão tarde, encontrava-se fechada, e a portaria apagada. Cada hóspede tinha um cartão para abri-la. Entraram num pequeno hall, bateram a neve sobre os casacos e foram à sala de estar. A lareira acessa, na qual grossos blocos de lenha ardiam, pareceu-lhes o paraíso. Pararam à sua frente, estendendo as mãos enluvadas à procura de calor. Somente após alguns minutos, despiram luvas e casacos, sentando-se num sofá ao lado. Ambos olharam para o bonito bar, com seu balcão de madeira e as garrafas coloridas acima.

— Vamos tomar um conhaque para aquecer? — perguntou Tomás.

— Mas não tem ninguém para servir; o hotel parece estar fechado.

Ele sorriu e balançou a cabeça, como se ela falasse um absurdo. Levantou-se, foi atrás do balcão e disse brincando:

— A madame vai querer o quê?

— Bom, se é assim: um conhaque.

Tomás abaixou-se e pegou dois copos bojudos, virou-se para escolher uma garrafa e trouxe tudo em suas mãos.

— Amanhã eles debitam na minha conta. Estamos na Suíça!

Ele mediu cuidadosamente as doses, marcadas por um friso nos copos, como um garçom atento faria, e entregou um copo à Beatriz. Levantando o seu, brindou:

— À próxima viagem!

Sem que houvesse desejado, o brinde soou triste, deixando ambos sem saber direito o que falar. Sabiam que não haveria uma próxima vez. Beatriz comentou algo sobre a alegria dos jovens e se puseram a conversar novamente, sem perceber o tempo passar.

Talvez as brasas, talvez o conhaque, algo lhes trouxe um calor agradável, que irradiava por todo o corpo. Beatriz riu, ao ver pequenas gotículas de suor nas têmporas de Tomás.

— Que calor, hein? — disse Beatriz, tirando o grosso suéter.

Ao fazê-lo, notou que Tomás olhava para seus seios, só cobertos pela fina camisete térmica que portava. Sentiu o calor aumentar. Constrangida, disse de uma forma que soou autoritária:

— É melhor irmos dormir. Amanhã temos que levantar cedo!

Tomás, que parecia imerso numa forte emoção, obedeceu-a, pegando os casacões, luvas e echarpes sobre o sofá, e se dirigiram ao elevador. Ao entrarem, como ele estava com ambas as mãos carregadas, Beatriz apertou os botões do 2º e 3º andares, e a cabine começou a subir. Quando o elevador parou no andar de Beatriz, ambos se olharam nos olhos, atraídos e distantes, querendo parar o tempo que iria separá-los.

Tomás, soltou os casacos no chão, segurou Beatriz pelos braços e a puxou para si, beijando-a com ardor, pressa e desejo.

XXI

Tomás saíra do escritório dos representantes da instituição financeira interessada na fusão, após uma reunião preliminar, e se dirigia à *Vielle Ville*, onde marcara almoçar com Beatriz. No percurso, passou em frente ao seu hotel e ao ver que M. Mario estava na recepção, saudou-o com vistoso aceno de mão. Este respondeu ao cumprimento, abrindo um sorriso que Tomás, apesar da distância, percebeu com alegria. "Era muito bom ter amigos", pensou.

O inverno estava próximo, mas aquele meio-dia em *Genève* estava bem ameno, com um sol de inverno a brilhar levemente. Ao atravessar a ponte, sentindo o frescor das águas, sentiu uma felicidade incomum. Atribuiu-a ao lago e riu para si mesmo ao pensar que se passasse por ali um milhão de vezes, apreciaria cada uma delas.

Ele tinha motivos para se sentir animado, pensou: as negociações estavam indo a passos largos, o que fora objeto de elogios do pessoal do Brasil; de outra parte, a equipe trabalhava unida e motivada, superando as metas preestabelecidas.

Na verdade, contudo, Tomás não atentava à razão de sua alegria. Ele estava indo se encontrar com Beatriz, na *Vielle Ville*, onde almoçariam só os dois, num pequeno restaurante situado num dos seus prédios centenários. Lá poderiam conversar à vontade, sem correr o risco de serem incomodados, pois, embora o local não fosse distante da *Rue de Rhône*, a principal de *Genève* e onde ficava a sede do Crédit, para alcançá-lo era necessário subir uma longa ladeira, o que afastava aqueles que tinham pressa e horário a cumprir.

Era estranho, mas o fato de ficar alguns momentos a sós com Beatriz no decorrer do dia lhe fazia uma grande diferença. Isso apesar de não conversarem nada de extraordinário, e de se encontrarem todas as noites em seu quarto de hotel!

Estaria se apaixonando por ela? "Não, qualquer homem sentiria o prazer de conviver com uma mulher inteligente, bonita e fogosa na cama"; o que sentia era a coisa mais natural do mundo, nada com o que se preocupar.

◘ ◘ ◘

A proximidade do Natal trazia à Beatriz uma gama de sentimentos diferentes. O mais evidente era a alegria que experimentava neste período; desde que se dava por gente, os preparativos e a festa do Natal eram uma tradição em sua família. Montavam a árvore, enfeitando-a com os mais lindos adornos e bolas coloridas. Punha-se na parede da sala uma espécie de calendário, feito de lã, no qual havia minúsculos presentes para cada dia de dezembro.

Ela e os irmãos brigavam para tirar o mimo de seu dia e colocar na árvore desenhada no tecido. No dia do Natal ela estava completa.

Havia também uma nostalgia, uma tristeza-alegre dos dias felizes vividos: os tios mais velhos, que a tratavam com tanto carinho; os primos que só encontrava nesta ocasião, a cada ano mais crescidos, mas com o mesmo jeito de sempre.

Por fim, sentia um medo indistinto do que estava por vir. Em uma semana voltaria ao Brasil para as festas de fim de ano. Não conseguia, contudo, compreender, apurar — como quando se passa um tecido nas mãos e lhe sente a textura — quais eram seus reais sentimentos.

Uma saudade antecipada de Tomás, da sua companhia alegre e profunda ao mesmo tempo, do seu corpo musculoso, da afeição que ele lhe mostrava em todas as ocasiões. Era a saudade de quem enxerga o fim. O sonho tinha de acabar!

— Ah — suspirou Beatriz — que droga!

"Como pude me meter numa enrascada dessas? Como deixei tudo acontecer? Quando Tomás marcou o hotel numa estação de esqui nas montanhas, o que eu pensava iria acontecer? Eu já tinha sonhos eróticos com ele nas madrugadas, já pensava em estar nos seus braços... Eu podia ter dito 'não'!"

"Agora, estou transando com um cara momentos depois de ligar para o meu marido, de lhe dizer das saudades que sinto, de fingir que queria estar com ele. Que sacanagem! Que horror! Eu sou uma prostituta! Igual a amiga do Tomás! Igual não, pior. Esta moça não deve ter tido chances na vida; ainda que fosse uma vagabunda nata, era melhor que eu. Com certeza ela não tem um marido carinhoso e honesto em casa, para quem ela é tudo na vida."

Beatriz se imaginou chegando em casa, Ricardo feliz ao seu lado, perguntando-lhe sobre a Suíça, sobre seu trabalho, sem saber como recebê-la melhor. Ele iria querer transar neste dia, abraçá-la, tê-la por completo. E ela estaria impregnada do cheiro de Tomás, de seus fluidos... "Que horror", pensou novamente.

Num segundo lhe veio a ideia de parar de transar com Tomás, de inventar uma desculpa qualquer, um problema ginecológico, uma dor de barriga, qualquer coisa.

Mas, e se nunca mais se encontrassem? Se não voltasse do Brasil, se resolvesse ser novamente no casamento a mulher decente, como sempre fora?

Nunca mais estaria em seus braços? Isso seria tão triste!

◘ ◘ ◘

— Nossa! Eu marquei o dia errado! — assustou-se Beatriz.
— Como assim? — quis saber Tomás.
— Dezessete não é quinta?
— Não, é quarta!

Quando Beatriz contou ter marcado o dia errado, um dia antes do previsto, Tomás não pensou em outra coisa: iria ligar para a companhia aérea e mudar a reserva.

Ela, porém, disse-lhe que resolveria o problema, acionando a agência de viagem que servia o escritório. "Eles quebrariam o galho". Ocorre que na terça, quase ao final do dia, Beatriz lhe comunicou a impossibilidade de alterar o voo.

— Vamos sair mais cedo, então?

— Ah, Tomás, não vai dar; tenho que mandar um relatório pro Diego, englobando toda a nossa atividade até agora. Ele vai ter uma reunião de fim de ano com os acionistas.

— Bom, depois você vem. Eu janto e te espero.

— Não vai dar, querido! Eu tenho que ir ao cabeleireiro, arrumar as malas, fazer umas compras.

— Quanto à mala, é só jogar as coisas; vai comprar o quê?

Essa pergunta mudou a expressão de Beatriz, como se a trouxesse para um assunto sério e penoso.

— Eu não comprei nada para o Ricardo. Nestes dias todos, não lhe comprei sequer uma lembrança. Agora tem o Natal...

— Poxa! Nós não vamos nos ver?

— Receio que não. Chato né?

🁢 🁢 🁢

No dia em que Beatriz partiu, num voo que saía de *Genève* no meio da tarde, Tomás nem pode acompanhá--la ao aeroporto, ou ao menos ter um almoço sossegado, pois havia um milhão de providências para tomar junto ao Crédit. Parece que tudo tinha que ser feito antes do Natal e das festas de fim de ano, como se o mundo fosse acabar nos dias seguintes.

Ao chegar ao seu hotel, após ter recusado um convite para jantar com os colaboradores, sentia-se aborrecido e irritado. O dia fora realmente estressante, mas o que o perturbava era pensar em Beatriz. Como um erro estúpido desses podia acontecer. O melhor era comer um lanche leve e tentar dormir cedo.

Teve vontade de desistir de ir ao Brasil, para passar mais uns poucos dias e tomar novo avião de volta. O que faria lá? Provavelmente nada. Acabaria passando o Natal e o réveillon sozinho em seu apartamento, como fizera nos últimos anos. Não sentia disposição para outra coisa. Mas era melhor ir e dar uma olhada no apartamento; verificar se não ficara uma conta sem pagamento, ligar o seu carro na garagem e coisas assim.

Gostaria de marcar uma sessão com a Dra. Norma, pois teria muito a lhe dizer. Ela provavelmente não teria hora ou estaria viajando; ademais, ele se dera "alta" quando resolveu vir para a Suíça e estava sem graça de procurá-la novamente.

No saguão do aeroporto, ao despachar as malas, teve confirmada a sensação de que não suportava mais as longas viagens internacionais. A espera, os procedimentos de embarque e as noites eram intermináveis, pois só conseguia dormir umas poucas horas. Ainda que viajasse na classe executiva, tudo lhe parecia enfadonho. "Só falta sentar alguma daquelas pessoas que não param de falar e ficam pegando coisas no bagageiro a noite toda!" Ao penar nisso, contudo, deu uma risada de si próprio, constatando que andava rabugento desde a partida de Beatriz.

Sentou-se no seu lugar e lamentou uma vez mais a ausência dela; com ela, os aperitivos, o jantar — talvez vissem o mesmo filme — fariam o tempo passar rapidamente.

O voo estava lotado, como era comum nesta época do ano. Os passageiros entravam em grandes hordas, barulhentos, falando uns com outros à grande distância. Alguns por sobrepeso, outros por *sobrecompras*, prendiam-se entre as poltronas e se esbarravam mutualmente. "Ai, meu Deus, quem será o meu vizinho?", amargurava-se por antecipação. Por fim o avião sossegou; as aeromoças começaram a servir os drinques de boas-vindas, enquanto aqueles barulhos de máquinas e coisas sendo fechadas que precedem à decolagem se faziam ouvir.

Tomás recostou a nuca no espaldar da poltrona e suspirou cansado; não do serviço, não das pernas, mas de uma angústia longínqua que, talvez, estivesse no Brasil.

À pergunta da comissária, respondeu o de sempre: Johnnie Walker, Black, sem gelo, e uma cerveja. Foi ao tomar o primeiro gole, e pensar num brinde simbólico, que se deu conta do vazio ao seu lado. "Ninguém se sentara ali! Que sorte! Poderia viajar sem ser perturbado!" O mesmo segundo de alívio lhe trouxe uma apreensão. No início algo indistinto, que não o permitia relaxar. Depois, um pensamento racional, perquirindo o porquê de haver um lugar sobrando num voo lotado.

"Só se alguém desmarcou de última hora" pensou, vindo à sua mente a imagem de Beatriz.

Tomás balançou a cabeça, soltou um suspiro e bebeu o uísque de um gole. "Claro, como não havia pensando nisto! O engano no dia da reserva, o escritório — que movimentava grande número de reservas todas as semanas e, por isso, tinha canais exclusivos — não conseguir remarcar os compromissos de trabalho, o cabelereiro... Justo Beatriz, que usava sempre os cabelos soltos, sem qualquer maquiagem.

"Como sou estúpido! Ela não quis voltar comigo. Não quis estar comigo ontem".

Num primeiro momento, Tomás sentiu raiva, ingratidão, vontade de revidar. "Quem ela pensa que é? Nunca mais vou olhar na sua cara!" Com o tempo, com a monotonia da noite, o sentimento agressivo cedeu lugar à tristeza, à sensação de abandono.

Após beber bastante e comer um pedaço de carne do requintado prato servido, Tomás experimentou um certo alívio, uma resignação com as coisas, todas as coisas, como se as pessoas estivessem aqui para passar por sofrimentos; uns mais, outros menos.

Sentiu saudades de Beatriz, do seu sorriso amigo, da sua inteligência que surpreendia a cada instante, do seu corpo quente e cheiroso. Quis muito reviver aquele momento em Crans, quando pela primeira vez se possuíram. Aquilo parecia um sonho. Fora um sonho. O calor do corpo de Beatriz chegou a queimá-lo. Lembrava-se do seu pênis ardendo dentro dela, derretendo, machucando-a, não querendo parar.

Deve ter sido a noite congelante, o calor da lareira, do conhaque, do tesão. Ao entrarem em seu quarto, entre beijos, tirara a blusa de Beatriz, soltando aqueles peitos que queriam ser apertados, beijados, mordidos. Ele se sentiu como um homem que depois de caminhar por estepes geladas encontrasse a primeira fêmea, sentisse o primeiro corpo, ejaculasse pela primeira vez.

Que sensação. Que prazer. Que alegria!

O medo que aquilo houvesse terminado apertou-lhe o coração; sentiu câimbras nas pernas e as mãos estranhamente geladas. Viu-se sozinho em seu apartamento em São Paulo, olhando pela varanda as pessoas chegando para o Natal: roupas novas e arrumadas, as crianças felizes, pais carregando uma infinidade de pacotes coloridos. A solidão, a qual já se acostumara, pareceu-lhe mais dura; terrível mesmo.

Lembrou-se de *monsieur* Mario e sentiu certo arrependimento por não ter aceito seu convite. Ao sair do hotel numa manhã desta semana, M. Mario deixou a recepção para acompanhá-lo até a porta, como tinha o hábito de fazer, numa deferência a Tomás. Muito discretamente, perguntou-lhe onde passaria as festas de fim de ano, pois se fosse ficar em *Genève*, teria prazer em recebê-lo em sua casa. Alguns poucos amigos estariam lá.

Tomás explicou-lhe que iria ao Brasil, só voltando após o ano-novo. M. Mario sorriu, balançando a cabeça, como se tivesse falado uma grande bobagem:

— O Brasil! Imagine o réveillon lá! Na minha casa só vem três amigos, todos separados e solitários como eu. Acabamos por beber a noite inteira... Que convite o meu!

— É que eu já reservei tudo, M. Mario. Do contrário gostaria muito de passar o réveillon em sua companhia — disse Tomás com sinceridade.

Após servirem-lhe mais uma dose de uísque, Tomás sentiu o corpo e a mente amortecerem; o estado vígil cedendo lugar aos sonhos: estava com Beatriz numa casa, com uma grande varanda dando para uma piscina; havia crianças brincando na água; num alpendre, vários amigos que não via há tempos — desde a faculdade — conversavam felizes, num aparente churrasco. Dentro da casa, seus pais estavam sentados à uma mesa; com uma louça bonita de um azul desbotado, talheres pesados, uma garrafa de vinho ao centro; rodeados de amigos de seus pais que ele não sabia bem quem eram, mas gostava deles.

Beatriz, então, veio e o olhou nos olhos. Imantado, ele a seguiu até um quarto, onde uma lareira esquentava o ambiente. Sem explicação, ambos estavam nus e brincavam de se tocar. Ele acariciou seu rosto e desceu a mão para o seu seio. Ela só sorriu, gostando. Ele a segurou pela cintura nua e a puxou contra si.

O pequeno movimento que fez, acordou-o, apercebendo-se sozinho, num avião semiescuro, onde aqui e ali alguém lia ou olhava para uma telinha iluminada.

Angustiado, levantou-se e foi até a frente do avião, onde ficava uma copa. A aeromoça, que separava algumas coisas para servir, gentilmente lhe perguntou se precisava de algo.

— Eu queria uma garrafa d'agua. Duas, por favor.

Voltou ao seu assento, despencando sobre ele como se tivesse caminhado horas a fio. Bebeu a primeira garrafa de uma vez só. Na segunda, pôde apreciar o frescor da água, matar a sede. Refeito, mas com uma preguiça invencível para levantar-se de novo, apertou o botão para chamar a aeromoça.

Era a mesma que lhe servira anteriormente. Meio sem graça, sem saber porque, pediu-lhe um café bem forte, sem açúcar. Tomou-o lentamente, como se cada gole pudesse reencarná-lo numa vida passada, querida e indistinta.

XXII

Beatriz achou melhor esperar as portas se abrirem, embora não aguentasse ficar mais um minuto naquela cadeira. O voo tinha sido ótimo, com todo o conforto que alguém podia esperar; no entanto, havia uma pressa em sair; uma pressa de iniciar uma nova etapa (mesmo que fosse andar pelos corredores envidraçados do aeroporto e esperar na fila de imigração).

Pegou suas malas — comprara outra para caber a roupa de esqui e coisas que se acumularam nos dias de viagem. Conseguiu puxá-las com facilidade e atravessou o *free shop* e a alfandega sem parar. Ao passar pelo toalete, resolveu fazer um xixi preventivo, como se tivesse que percorrer uma longa jornada até sua casa.

Ao olhar-se no espelho, constatou que o bronzeado em seu rosto já diminuíra, sentindo certo alívio. Não queria chegar como alguém que voltasse de umas longas férias, embora não houvesse razão para isso.

O banheiro estava surpreendentemente limpo. Uma senhora idosa passava em revista os boxes com um paninho na mão e uma cara sofrida. Procurou na sua carteira uma gorjeta, mas só tinha francos e moedas suíças. Sorriu gentilmente para ela. A funcionária, contudo, fechou o rosto, numa expressão de revolta.

Ao chegar ao lobby de saída do aeroporto, sentiu como uma espécie de preguiça, um desânimo, uma falta de coragem de prosseguir. (Ah, se pudesse só ficar ali parada; se não fossem furtá-la, empurrá-la ou simplesmente perguntar qual seu problema).

Resolveu tomar um café (*como tantos que tomara com Tomás*).

O atendente demorou enormemente para atendê-la — ela já se irritava — mas quando o fez, mostrou o sorriso moreno de um brasileiro, humilde, trabalhador e gentil. Sem moedas ou notas, agradeceu-lhe. O rapaz lhe disse:

— Obrigado a senhora. Um bom dia.

Estava no Brasil; o ar quente após a porta automática não deixava dúvidas.

Desde que pegou o táxi até chegar em sua casa, Beatriz não pensou em nada. Conversou com o motorista, assuntos que não se lembraria; viu congestionamentos e favelas, sentiu um cheiro horrível que, após refletir, concluiu vir do "rio" ao seu lado.

Ao chegar no seu apartamento, encontrou-o florido; à sua espera, Iraci, aguardava-a com um farto desjejum.

— O doutor já vem! Tinha uma cirurgia às sete! Coisa que não podia adiar! Falou pra senhora esperar um pouco e reparar nas flores!

Beatriz sentiu o aconchego do lar, o carinho da antiga cozinheira, a tranquilidade do seu mundo. Aqui as coisas tinham uma rotina, uma lógica, um porquê!

Enquanto tomava o café, embora sem vontade ou fome, não sabia quem era! Havia um hiato em sua vida. Como um sonho profundo, a permitir que acordasse de um modo qualquer: prostituta, amante ou simplesmente mulher.

    Ela não saberia dizer quanto tempo ficou à mesa. Iraci apareceu várias vezes, ofereceu-lhe coisas, levou suas malas para o quarto e, finalmente, anunciou:

— O doutor chegou! Vi ele entrando com o carro!

    Ela se levantou e foi até o lobby do elevador. Não por obrigação. Por carinho, respeito e saudades.

XXIII

O táxi do aeroporto embicou na garagem do prédio, à espera da abertura do portão. O funcionário da guarita abriu o vidro, tentando ver quem seria.

— Não precisa entrar, não. Eu só tenho uma mala — disse Tomás.

Ao descer e se despedir do motorista com um aperto de mão, já viu Samuel ao seu lado, pronto para lhe carregar a bagagem

— Desculpa, doutor, não vi que era o senhor.

Tomás cumprimentou o porteiro, comentando algumas coisas genéricas sobre o tempo e o trânsito de São Paulo. Enquanto se dirigia à entrada, o porteiro disse:

— As contas, o rapaz da administradora pegou; sobraram uns envelopes e cartas para o senhor. Já vou buscar!

Tomás animou-se, pensando que talvez alguém lhe escrevesse ou lhe mandara um cartão. Quando recebeu o pacote de correspondências enrolado num grosso elástico, viu que havia só panfletos de propagandas e ofertas de produtos. Soltou um suspiro: "quem afinal esperava que me escrevesse"?

O lobby de seu apartamento era bem agradável, constatou uma outra vez. O decorador soubera escolher elementos neutros e suaves, que serviriam bem a qualquer temperamento.

Abriu a porta e entrou. Sentiu-se como um outro homem, um que ingressasse ali pela primeira vez. Talvez fosse mesmo. Uma alegria de reencontro e um pesar de vazios o assomaram. Parecia que voltava mais só do que havia ido. As luzes apagadas, as janelas todas fechadas e o silêncio impediam-no de dar mais um passo. "Por que voltara?", era uma pergunta desnecessária e que ele não deixou ficar consciente.

Caminhou pela sala tão conhecida, pegou na mão objetos que pareciam esquecidos; olhou em volta, tentando encontrar um lar. Faltava-lhe uma mulher. Primeiro, pensou naquela que o abraçaria e o esquentaria em seus braços. Em seguida, na companheira, na amiga, na cara-metade que todos deveriam ter. Num átimo, Rafi, Solange e Beatriz lhe vieram à mente; não à mente propriamente, mas aos sentidos; ao corpo, às veias e à pele. Um desejo sublimado se fez presente, como uma fome ou sede.

Acendeu as luzes, abriu as janelas e ligou a TV; mais por instinto do que por vontade, tomado por lembranças fortes demais. A felicidade lhe era rara, fluída, inapreensível. Sentiu saudades do passado e angústia do porvir. Sentou-se no sofá e ficou à espera de alguma coisa; o que viesse estaria bom. Só estava cansado do acaso da vida!

Nos dias que se seguiram, Tomás procurou se manter ocupado: foi ao escritório, à imobiliária, à oficina mecânica para fazer uma revisão preventiva em seu carro. Telefonou a alguns amigos, aceitando até um convite para jantar; algo que não fazia há anos.

Na casa do amigo, num ambiente acolhedor, curtiu com certa inveja a rotina dos filhos pequenos, vestidos de pijamas, a rodear a mesa, enquanto esperavam ser postos na cama. Quando o pai foi levá-los, Cibele, a quem conhecia de vista, mas simpatizava, falou de coisas simples e importantes, terminando por aconselhá-lo a refazer a vida, a encontrar uma pessoa para compartilhar o futuro.

— Não fique agarrado ao passado! Ache uma garota legal, que goste de verdade de você e não pense duas vezes! A pior coisa é uma pessoa sozinha; tudo fica meio sem sentido! Não fique escolhendo demais! O que importa é o dia a dia; não adianta viver de sonhos!

◘ ◘ ◘

A noite de Natal chegou e Tomás procurou fingir que era uma noite como outra qualquer. Não era. Por mais que tentasse, não ligou nem a TV para evitar os programas natalinos. Sabia ser uma data a passar com a família, com os amigos mais íntimos e ao lado de uma mulher. Com a morte de seu pai, a mãe adoeceu, sofrendo de uma demência precoce, fazendo ruir laços familiares que pareciam tão fortes.

Ele se programara para não beber; pegar um bom livro e devorá-lo numa noite. Não queria ficar melancólico. Mas sentiu a necessidade da anestesia, da distância que o álcool trazia dos seus dias felizes.

Reviu fotos das viagens com Rafi; ele estava bem mais jovem, como se muitos e muitos anos houvessem passado. Tentou não sentir raiva da vida. Apenas tentou.

Ao ver lugares em *Genève*, onde agora fora feliz com Beatriz, sentiu-se confuso, culpado, como se fosse uma traição voltar a sorrir.

"Ah, Beatriz, como eu queria que você estivesse aqui!" Ao pensar nisso, começou a imaginar onde ela estaria naquele momento, se também pensava nele ou se divertia ao lado do marido e dos amigos. Beatriz tinha tudo, pensou; tinha uma vida feliz e isto era merecido, pois ela era uma pessoa especial. Deu-lhe um beijo e um abraço telepático, desejando-lhe tudo de bom.

"Tudo de bom...", refletiu meio amargurado. Isto o incluiria? Ele não acabara de concluir que ela tinha tudo? Com que direito ele se imiscuía na vida feliz de Beatriz, sem saber ao certo o que sentia? Às vezes, pensava em paixão, noutras, em instantes de júbilo, em amor verdadeiro. O ruim era quando o lado racional vinha lhe dizer que isto não passava de um *sonho já vivido*. Para que envolver outras pessoas nele? Para fazê-las sofrer igual a Solange?

"Como ela estaria agora? Teria voltado à 'profissão'?" Um sentimento horrível, acompanhado de uma dor em seus rins, fê-lo abaixar a cabeça, balançando-a em negação. Viu Solange com outros homens, subalterna, educada, humilhada...

Não era ciúme o que sentia. Era um nojo de si mesmo; culpa e arrependimento.

Pegou a garrafa de uísque e se sentou no chão, recostando-se no sofá; à sua frente, a mesa baixa, com o copo e a garrafa de uísque. Sentiu uma prostração inexpugnável.

Só uma pergunta solitária o perturbava: "Por quê?"

Após um longo momento em que não pensou em nada, teve vontade de ligar para Solange; iria lhe pedir desculpas e desejar um bom Natal. Quem sabe ela também estivesse só e pudessem ficar juntos. Não, isto não seria justo, pensou. Agora que estava com os pensamentos enevoados pelo uísque, carente, sem saber bem como agir.

Num impulso, pegou o celular e clicou em "contatos": Áurea, Ana, Edu... Rafael, Sectur, Sandra do BB, Sérgio (Dr.), Sultane, TAM (agência), Vivian e Zé Ernesto. Onde estava Solange? "Puta merda, eu deletei o número!"

Irritado, chutou a mesa à sua frente, derrubando o copo, quebrando-o em uma das laterais. Levantou-se, sem muito equilíbrio e foi até a varanda, segurando a garrafa na mão. Encostou-se na mureta e ficou contemplando a madrugada. Diferentemente de outras, o silêncio era quebrado por sons distantes: vozes alegres, pratos batendo, alguém gargalhando.

Sentiu um aperto no coração; uma necessidade de estar nos braços de Solange.

Voltou ao interior do apartamento e foi ao seu quarto à procura de uma agenda telefônica que ficava em seu criado-mudo. Ao encontrá-la, foi direto à letra S; não havia nenhuma Solange lá. "Droga, onde eu anotei seu número; tenho certeza que fiz isso!" Na gaveta, havia uma dezena de bloquinhos de papel, desses que se pega em hotéis, e uma porção de folhas soltas com anotações. Tomás lamentou não ser ordeiro. Pegou o primeiro e começou a folheá-lo; para complicar, anotara uma série de telefones sem colocar os nomes de seus usuários. Todos os números lhe eram indiferentes.

Resolveu procurar nos demais bloquinhos, tentando encontrar alguma anotação com seu nome. Após jogá-los um a um sobre a cama, lamentou-se, soltando um pesado suspiro. Deitou-se por instantes, tendo cada vez mais certeza que escrevera o número em algum lugar. Ela lhe dera o que chamou de "número particular". "Merda de celulares! Com eles a gente não guarda mais nenhum telefone!" Levantou-se e foi procurar numa cômoda antiga, que ficava no canto do quarto. Nela deixava todos os papéis que, à época, ainda tinham utilidade.

Ao abrir a primeira gaveta, soltou um palavrão em voz alta, constatando que estava lotada de cartas do banco, documentos de carros antigos, cópias de petições, arrazoados forenses e muitos outros papéis. Como teria de ficar inclinado sobre a gaveta, achou melhor tirá-la e jogar a papelada no chão, onde poderia se sentar. Ao fazê-lo, como o móvel era antigo e pesado, prendeu uma das mãos nas laterais, terminando por arremessar a gaveta para o lado, espalhando os papeis até para debaixo da cama.

Normalmente teria desistido da empreitada, mas a vontade de ver Solange, de abraçá-la, era maior do que a sua preguiça. Por mais de hora, ficou olhando os papéis, como um autômato faria numa linha de montagem, não encontrando nada. Para piorar, observou que misturara os papéis já analisados com os outros, não sabendo de que ponto continuar.

A estas horas, o cansaço e o álcool venceram suas resistências; ele queria apenas descansar; descansar de tudo. Levantou-se por alguns metros e se atirou sobre a cama.

༺ ༺ ༺

No dia seguinte ao Natal, logo de manhã, Tomás ligou para o escritório que mantinha os setores principais em pleno funcionamento, apenas para uma demanda urgente. Queria antecipar seu voo para Genebra, o mais breve possível.

Em menos de meia hora, a funcionária que cuidava de passagens aéreas retornou sua ligação:

— Dr. Tomás, temos dois voos no dia 2 de janeiro, um que sai de manhã outro à noite.

— Só no dia 2? Não têm nada antes?

— Na quinta, tem um voo à noite, mas é o réveillon, eu achei que o senhor não ia querer...

— Pode marcar este! Me envie o ticket pelo e-mail!

༺ ༺ ༺

O alto-falante da sala VIP, anunciou que o embarque para o voo 2354 com destino à Genebra havia começado; devendo os passageiros se dirigirem ao portão de embarque.

"Finalmente!" Quando Tomás ia desligar o celular, escutou o "plim" de uma mensagem do WhatsApp. Vinha de M. Mario. Ao abri-la, soltou um sorriso: M. Mario e dois outros senhores, com taças de champanhe nas mãos, levantavam um brinde. Já era ano-novo em *Genève*. Achou gozado ver seu amigo, que sempre encontrava de meio-fraque e gravata, vestindo uma camisa florida, sorrindo e com jeito de quem havia tomado muitas taças. Uma mensagem carinhosa lhe desejava um próspero ano-novo!

Teve o impulso de lhe mandar um áudio, mas algo o deteve. O amigo estava feliz, imaginando-o numa praia de Copacabana, rodeado de lindas brasileiras. Se lhe falasse, sua voz trairia seu estado de espírito. Melhor escrever uma mensagem. Uma bem alegre...

XXIV

Quando Beatriz abriu a porta, mal teve tempo de olhar para o marido, que parecia diferente, pois ele a abraçou de imediato, envolvendo-a num aconchegante aperto, repleto de beijos apressados no rosto, na testa e na boca. Ela sentiu o cheiro gostoso de Ricardo, que lhe trazia a sensação de lembranças queridas, de carinho e de amor.

— Deixe-me ver você! — disse ela alegre, afastando-se um pouco dele. — Você emagreceu muito! Tá bonito, mas emagreceu demais! Andou fazendo regime?

— Não gostou? Eu tenho andado na esteira todas as noites!

— Gostei, sim; é que você ficou meio abatido!

— Saudades de você, meu amor!

Após se abraçarem mais uma vez, entraram na sala e ficaram um tempo se olhando, como quem examinasse uma obra de arte. Beatriz mandou que ele se sentasse e foi buscar os presentes comprados na véspera. Ricardo os examinou feliz e, rapidamente, agradeceu, mas só tinha atenção para a mulher: queria ouvi-la, escutar sua voz e olhar para seus olhos verdes.

— Me conte tudo! Do sucesso da fusão a aquela estação de esqui ensolarada!

Beatriz sentiu um certo desconforto e, balançando a cabeça, disse:

— Depois eu conto.

— Não, não... Fale por favor — dizendo isto ele ficou quieto, como uma criança que aguarda a história noturna, contada todas as noites.

Enquanto Beatriz narrava suas aventuras, ele a olhava com encantamento nos olhos, feliz do seu regresso. Depois de fazer um rápido resumo dos seus dias, Beatriz quis saber dele:

— E você? Anda fazendo esteira?

Ricardo lhe disse, com um certo orgulho, que criara novos hábitos para suportar a ausência da mulher: ao chegar em casa no fim do dia, ia direto à academia do prédio e andava a passos acelerados na esteira ergométrica por quarenta minutos — agora já corria por dez —, fazendo a seguir exercícios com pesos e aparelhos. Depois tomava banho e ia beber uma taça de vinho no lugar preferido dela.

Ante a surpresa e o descrédito da mulher, explicou que assim o tempo transcorria melhor e que, sentado em sua cadeira, sentia-se de algum modo mais próximo dela.

Ao escutar isso e constatar os quilos perdidos pelo marido, Beatriz sentiu a forte emoção de ser amada; de ser importante para alguém acima de qualquer coisa. Com os olhos marejados, levantou-se e foi abraçar o marido, percebendo as saudades que também sentira.

A manhã foi ocupada com a desarrumação da mala, alguns telefonemas para a família e amigos e um bom banho gelado, pois fazia muito calor em São Paulo.

— Iraci, o ar condicionado está ligado corretamente?

— Tá sim; a senhora não viu lá fora!

Era o corpo que sentia a mudança brusca e pensava ter enlouquecido: do ápice do inverno para aquele verão, em uma noite! Afora isso, Beatriz curtiu o retorno ao seu amplo apartamento, por onde se podia andar à vontade por vários ambientes. Num quarto de hotel, por melhor que fosse, havia sempre uma limitação incômoda.

Ricardo mandara preparar os seus pratos favoritos e selecionara um vinho branco especial para acompanhá-los, fazendo questão de desligar seu celular e dar ordens para não serem incomodados. Tirara o resto do dia de folga e queria celebrar a volta de Beatriz.

A bem da verdade, ela não estava com muita fome, mas provou um pouco de todos os pratos e bebeu duas taças do vinho. Ricardo pouco saíra de casa; visitara os irmãos em alguns finais de semana e fora a um casamento que não podia deixar de comparecer. O resto do tempo passara no consultório e no hospital. Animado, contou--lhe que decidira abrir uma nova ala destinada a crianças que se apresentassem desnutridas, a requerer outros cuidados além do atendimento básico. Era impressionante o que uma boa alimentação podia fazer! Tinha planos de divulgar no próximo congresso de pediatria os resultados obtidos em tão pouco tempo, para que outros hospitais implantassem a iniciativa.

Enquanto escutava o marido falar, Beatriz sentiu-se orgulhosa por ele, pela sua dedicação e por seu desprendimento pessoal.

Após o almoço, recolheram-se à sua suíte, onde puderam se encontrar a sós. Por estranho que fosse, considerando os anos de casados, Beatriz sentiu um certo acanhamento, um quê de timidez, tanto nela como no marido. Parecia que não poderiam simplesmente se despir e cair na cama, como sempre faziam.

Ricardo se aproximou com cautela, beijou-a, abraçou-a e só depois de algum tempo agarrou-a nas mãos, pedindo que tirasse a blusa. Ele próprio ainda estava todo vestido. Quando ficaram nus, o marido demonstrou a falta que o sexo lhe fazia, penetrando-a com rapidez e desejo, numa avidez desconhecida por ela.

Beatriz sentiu o calor do corpo dele, o cheiro de seu suor, a sua boca e a pele tão conhecidas, sentindo o prazer do reencontro, de um carinho físico que era como parte de si mesma.

Deitados lado a lado, Ricardo ofegante lhe disse em voz baixa:

— Eu te amo tanto! Que saudades eu senti!

— Eu também amor!

Rindo, ele completou:

— Não sei se vou deixar você voltar pra Suíça, acho que eu não aguento!

XXV

Tomás caminhava à borda do lago, num trecho onde poucas vezes passava. Não que não fosse bonito, ou que não o apreciasse; não ia porque era longe de seu hotel e dos seus caminhos preferidos.

Para lá da ponte Monte Blanc, *Genève* se entendia a perder de vista. O Léman, que parecia um lago pequeno no seu cotidiano, tomava ares de um verdadeiro mar.

A cidade agora estava vazia, como se todos morassem em algum outro lugar, ou como se todos tivessem família e amigos para os abrigar nesta época.

Não era o caso de Tomás.

Ele caminhou até sentir os pés doerem, o nariz congelar e os lábios trincarem; cansado, sentou-se num banco e ficou pensando na vida. Esta, de algum modo, parecia não lhe pertencer.

Havia o Tomás que *dera certo*. Um homem jovem e já socialmente reconhecido. Dispondo de alto salário, tinha casa própria, carro importado e aplicações financeiras, podendo levar a vida que lhe aprouvesse.

O curioso é que este homem, embora ocupasse a maior parte do seu tempo, não preenchia o vazio que ele trazia dentro do peito, dentro de si mesmo, como se em cada célula do seu corpo faltasse um pedacinho de alguma coisa indistinta.

Neste vácuo, existia um "Tomás" ainda menino, não dedicado ao sucesso profissional ou outro qualquer, mas que apenas *se esforçava para ser feliz*.

Alguém que dos seus sonhos, dos seus instintos e do seu coração, só pegou o que muito lhe apeteceu, julgando erradamente ser a sua parte. Não era!

Estes dois seres até que conviviam bem; dava para ser um, sabendo da existência do outro. O problema ocorria quando o *Tomás-menino* surgia num impulso muito forte, numa *erupção* de sentimentos guardados, que traziam dor e saudades. "Dor do quê?", "Saudades de quem?" Nem o *Tomás-menino*, nem o *Tomás-que-dera-certo* saberiam responder a esta pergunta. Sobrava-lhes, então, uma solidão empedernida, que de tanto os acompanhar quase não machucava mais.

Ele se lembrou de Solange e da falta que ela lhe fez. Viu-se revirando o apartamento à procura de seu número, no desespero idiota de quem deixa cair a coisa valiosa, por não lhe ter prestado atenção. E se ele a tivesse encontrado?

"E se". Tomás odiava começar um pensamento desta forma, pois sua vida ficava suspensa num passado já vivido e que ao acaso pertencia.

Levantou-se, não por um motivo, mas apenas para evitar os pensamentos.

Continuou andando, como quem tem um lugar para chegar.

Absorto, reparou que, nesta parte do lago, não havia mais os edifícios envidraçados, com seus logotipos famosos, ou os hotéis de cinco estrelas; estavam substituídos pelo que pareciam ser condomínios ou vilas, com o aspecto do interior da Suíça.

Tomás não podia aquilatar o quanto andara. Só os seus pés eram testemunhas fidedignas. Não obstante, aquilo lhe parecia o melhor a fazer. A certa altura, deparou-se com um cavalo a galopar, a crina esvoaçante, os músculos saltados no metal amarronzado.

"Que escultura linda!", pensou; "como o artesão pôde retratar a alegria, a independência de um animal fazendo aquilo para o que nasceu".

Sentiu uma certa inveja. Uma vontade de ser quem ele poderia ser.

Neste exato instante, a imagem de Rafi lhe veio à mente, justo em frente à estátua, sorrindo e apontando para o lago de que eles tanto gostavam.

Suas pernas amoleceram; procurou em vão um banco para se sentar novamente; uma tristeza o dominou, tornando tudo escuro e tenebroso.

"É melhor voltar ao hotel, ao Du Midi, onde posso me encontrar com M. Mario, um amigo querido".

Ao chegar ao hotel, exausto de tanto andar, a jovem recepcionista o atendeu com um sorriso carinhoso. Ela sabia ser ele um hóspede especial. Tomás também o sabia, mas, não obstante isso, sentiu-se acolhido. Teve vontade de convidá-la a subir até seu quarto; só para conversarem um pouco, só para não estar sozinho.

XXVI

A festa deste ano conseguiria reunir toda a família, coisa que não acontecera nos Natais anteriores, e por isso Ricardo estava animadíssimo.

— Acho que vão ser mais de sessenta pessoas! — disse orgulhoso.

Beatriz sabia da alegria do marido de poder organizar um Natal que reunisse todos os irmãos, sobrinhos e agregados, na grande casa da sogra, num verdadeiro clima de confraternização. Não era coisa comum. Nos dias que correm, raras pessoas se dispõem a tal trabalho, pois ao término das festividades, as ordeiras salas e recantos da residência pareciam ter passado por um tsunami.

Mais difícil ainda eram sete irmãos e respectivos cônjuges quererem estar juntos, superando eventuais divergências em prol da celebração familiar. Havia entre eles — os irmãos — um vínculo que foi diligentemente construído pelos pais, filhos de imigrantes e que por isso valorizavam os laços sanguíneos.

Tudo trazia alegrias a Ricardo: da chegada do Papai Noel ao churrasco com o cunhado que, embora engenheiro, dava-lhe constantes lições de Medicina. Na noite de Natal, nada conseguia aborrecê-lo. Beatriz chegava a se emocionar ao vê-lo brincar com os sobrinhos, uns já mocinhos, outros ainda de fraudas, e ficava abismada ao ver que para cada um, Ricardo tinha algo a dizer e um beijo para dar.

Este ano não fora diferente; ao chegarem ainda dia para a ceia, logo ao portão Ricardo já havia sido puxado pelos filhos de seu irmão mais velho, que queriam sua autorização para beberem, coisa proibida pelo pai.

— Tio, você é médico; nós pesamos mais de setenta quilos, fazemos esportes com caras da sua idade e não podemos tomar umas cervejas? Tá certo isso? Diz pra ele!

Assim começava mais um Natal; como de hábito, ela praticamente não veria mais o marido até a hora das orações e da entrega dos presentes, pois os homens ficavam no deck em frente à piscina, enquanto as mulheres se reuniam no terraço. No início, Beatriz achava estranha aquela segregação por sexos, mas as cunhadas insistiam em fazê-la, sob o argumento de que não se poderia conversar estando todos juntos. Ela, como advogada de um dos mais conceituados escritórios do país, tinha uma infinidade de assuntos para falar "com homens", mas preferiu ceder e entregar-se aos *assuntos femininos*.

No fim, era divertido, pois as irmãs e cunhadas de Ricardo tinham uma porção de casos para contar, que iam das cirurgias plásticas das amigas, sempre condenadas, aos assuntos mais badalados das redes sociais.

À medida em que as bebidas eram consumidas, a conversa tomava um tom mais franco, quando se falava de eventuais problemas de saúde ou de orientação dos filhos menores. Aí se via a amizade cultivada no crescer de uma família. Todas as "tias" se mostravam a par da questão trazida, preocupadas e dispostas a ajudar no que fosse necessário. As mais velhas, que já tinham passado por tais aflições, procuravam tranquilizar as mães de primeira viagem, como diziam, apontando para o exemplo dos próprios filhos.

Beatriz achava bonita aquela comunhão de esforços, aquela unidade que formavam, não conseguindo evitar que uma pequena tristeza lhe chegasse ao espírito, não tanto por si, mas pelo marido.

▣ ▣ ▣

Ricardo, pelo amor de Deus, me diga qual é essa surpresa do Réveillon!

— Nada de mais; é só uma ideia que tive.

— A Iraci falou que não era para preparar nenhum prato. Nós não vamos viajar, né? Eu estou cansada.

— Não se preocupe!

Foi com alívio que no dia 31 de dezembro, Beatriz soube dos planos do marido: ele reservara uma suíte, com vista para a avenida Paulista, num luxuoso hotel da capital, onde desfrutariam de uma farta ceia na cobertura. Dali, poderiam ver a queima de fogos e curtir o ano-novo sem que Beatriz tivesse trabalho algum. A extravagância era a localização do hotel: a menos de três quadras do apartamento deles.

— Você ficou louco? Deve ter custado uma fortuna nesta época!

— Você merece! Não gostou?

— Adorei!

Ela aproveitou a tarde de folga para passar pelo seu bairro, fazendo coisas que a sua rotina férrea no escritório não permitia. Tomou um delicioso sorvete, entrou em livrarias e aproveitou para olhar as lojas. Na vitrine de lingeries, viu uma calcinha e sutiã, que estavam bem atraentes, resolvendo experimentá-los. As peças serviram-na perfeitamente e ela não hesitou em comprá-las.

Quando saiu da loja, num final de tarde ensolarado, lembrou-se bruscamente de Tomás, como se o tivesse encontrado na rua. Após um sorriso involuntário, foi tomada por um sentimento de tristeza e de pena que não saberia explicar. Era a primeira vez que pensava nele! Um tanto admirada, caminhou a passos tranquilos, tentando entender o que sentia. Era impossível! As melhores e as piores sensações se misturavam.

Havia um arrependimento, uma vergonha. O julgamento de que não tivera caráter suficiente. Ao mesmo tempo, existiam as saudades e a alegria dos momentos vividos. Momentos de prazer e ternura. Existia, ainda, um certo *orgulho*; sabe-se lá do que, talvez de ter possuído um homem como Tomás.

Esta amálgama de sentimentos a fez lembrar de uma tempestade que vira de um avião, quando no interior de uma enorme nuvem preta raios e relâmpagos cegavam sua vista. Beatriz sentiu a angústia da contradição. Aquele *não saber* paralisante e incômodo.

Onde estaria a sua felicidade? Onde estaria a sua própria *vida*?

Em que momentos *viveu de verdade*?

Num insight, Beatriz se deu conta da fragilidade da consciência, da leveza do amor, da finitude dos momentos.

Como é possível isto? Tudo o que somos pode se diluir em instantes, no tempo em que dura uma flor delicada ou que um beija-flor para no ar.

Por que se entregar? Para que mergulhar num sonho frágil?

"Como ela podia sentir essas duas emoções ao mesmo tempo?"

Ao lembrar de Tomás só queria ser possuída por ele, ser comida toda, chupá-lo, e desmaiar ao seu lado.

Quando lhe vinha à mente o Natal, a amizade e o passado que tinha com o marido, tudo aquilo lhe parecia uma besteira, uma masturbação após uns drinques, algo que esqueceria logo em seguida.

"Que droga! Por que não sei o que quero?"

"Eu quero os dois! Quero Tomás aqui ou num cantinho só nosso e quero minha vida atual; quero meu marido, quero os nossos amigos, quero o nosso lar!"

֍ ֍ ֍

— Beatriz! Beatriz! Sou eu!

Atônita, ela olhou com olhos dispersos à pessoa que se aproximava. A muito custo, conseguiu sintonizar os pensamentos.

— Oi, Aninha, desculpe, estava tão distraída. Que bom ver você!

Ana Paula trabalhava no escritório e, embora fosse de outro departamento, sempre almoçavam juntas e se encontravam quando podiam. Eram boas amigas.

Aninha, que desejava muito fazer um estágio na Europa, numa das filiais existentes, encheu a amiga com perguntas sobre o trabalho, sobre as condições de vida e as dificuldades no relacionamento com advogados estrangeiros. Queria saber do custo de vida, das opções de lazer e da validade da empreitada. Beatriz ponderou-lhe que sua viagem fora diferente, pois, na realidade, não morara no exterior. Como havia um prazo de três meses, hospedara-se num hotel, sem ter de se preocupar com os afazeres domésticos.

A conversa entre elas durou quase uma hora até que o marido de Ana telefonou, cobrando a sua presença em casa. Despediram-se felizes e com votos de feliz ano-novo.

◙ ◙ ◙

Ao chegarem ao hotel, de táxi, o porteiro e os empregados encarregados de pegar as bagagens os receberam com toda a cordialidade, desejando-lhes "uma boa estada em São Paulo."

Beatriz não pôde deixar de rir. Na recepção, ganharam um pequeno mapa da capital, onde a atendente fez um círculo em volta da localização do hotel, explicando-lhes quais as melhores ruas para compras e restaurantes.

De bom humor, ouviram as recomendações com fingida atenção e subiram à suíte reservada.

Ricardo caprichara na surpresa. Um buque de rosas vermelhas, elegantemente embaladas, estava sobre a cama, com um bilhete grampeado. Na mesinha ao lado, uma garrafa de Dom Pérignon, jazia num balde de prata gelado, no qual se viam gotículas de água condensada.

— Ah, meu querido, obrigada por tudo!

Beatriz leu o pequeno cartão e não pode evitar as lágrimas, comovida com a singeleza e verdade do escrito. Abraçou Ricardo, que lhe deu um leve beijo e cuidou de abrir o champanhe. Ao brindarem, Beatriz viu a felicidade nos olhos do marido. Era um sentimento recíproco!

XXVII

Beatriz comprara um livro no aeroporto, planejando lê-lo durante o voo, mas quando as luzes do avião se apagaram após o jantar, trazendo certo aconchego ao ambiente, só sentiu vontade de ficar pensando. Apagou a tela à sua frente, reclinou a cadeira e, por instantes, ficou a olhar pela janela, sem distinguir se seria o oceano ou alguma região remota o que via, pois havia apenas pontos de luz perdidos de uma realidade qualquer.

Sentiu uma pequena contrariedade de voltar à Suíça; preferiria ficar no Brasil; se pudesse, alegaria algum problema, deixando a equipe e a fusão de lado; afinal, a parte mais importante já estava feita e o seu empenho fora explicitamente reconhecido pelo escritório.

Queria começar uma espécie de vida nova. Uma vida nova de coisas antigas, preciosas, que lhe pareceram de repente ameaçadas, como se ela pudesse cair no sono e deixá-las passar por um tempo infinito. Ao acordar, não as teria mais ao seu alcance.

Sentiu medo por Ricardo, pela família e os amigos, por si mesma. Havia uma Beatriz respeitada por todos, querida, que ela construíra tijolo por tijolo, formando um universo próprio de ideias e valores que, *na verdade*, eram quem ela era. Nele, Tomás era um intruso, um agente patogênico desconhecido, a minar sorrateiramente a higidez de um organismo são.

Beatriz suspirou desanimada, abraçando os próprios braços, como se fizesse frio. Sentiu pena de si mesma, não sabendo exatamente por quê. "Como isto foi acontecer? Pensamos que estamos no comando, que nossas decisões são tomadas conscientemente, que temos a escolha entre diversos caminhos, mas do *nada* surge alguma coisa que vem mudar *tudo*".

Sentiu remorso e vontade de voltar as folhas do calendário até o momento em que se perdera, em que estragara toda a pureza de seu relacionamento com o marido. Era uma história de companheirismo, de ajuda mútua, de amor. Os dias vividos com Tomás lhe pareciam pertencer a uma outra existência, a um passado longínquo e irreal.

"O passado ninguém pode mudar, nem Deus. Não adianta eu ficar me recriminando e agindo como uma adolescente tola. A única coisa que posso fazer é agir diferentemente daqui para a frente. E é isto que eu vou fazer!

XXVIII

Tomás se levantou e foi até a janela do escritório para observar a rua; devia ser por volta do meio-dia, calculou sem olhar para o seu relógio. Ficou alguns minutos absorto, olhando para o vaivém de pessoas que aumentava rapidamente. Estava cansado de trabalhar, mas esperava o tempo passar como se houvesse um motivo para isso. Parecia-lhe cedo para fazer uma pausa.

Pegou o relatório que estava lendo em sua mesa e resolveu ir à sala dos jovens a pretexto de discutir algum ponto obscuro, mais para encontrá-los e conversar um pouco. Tomou o elevador para descer, sendo que este parou no andar imediatamente abaixo. Quando as portas se abriram, deu de cara com Beatriz, que entrava acompanhada por dois dos advogados suíços. Sentiu imensa alegria e sorriu para ela, aproximando-se para beijá-la no rosto. Neste átimo, num milionésimo de segundo, percebeu algo estranho, inapreciável ao espírito mais sagaz.

— Você já voltou? Eu não sabia — disse em português, antes mesmo de cumprimentar os colegas.

— Voltei.

— Chegou no voo da manhã?
— No de ontem à noite.

Tomás ficou encarando Beatriz, à espera de uma explicação, fazendo-se um silêncio constrangedor no elevador. Sem jeito, ela acrescentou com um sorriso forçado:

— Estava cansada, você sabe o tempo da viagem.

Como Tomás a olhava incrédulo, não dando continuidade ao diálogo, ela comentou em francês, colocando todos na conversa, que o voo São Paulo-Zurique durava doze horas, mais o tempo de espera até o de Genebra, que levava só trinta minutos.

Para sorte de Beatriz, um dos colegas, M. Pasquier, já viajara para o Brasil e começou a contar da viagem atribulada que fizera, com uma série interminável de conexões para chegar a Salvador.

O elevador parou no andar marcado por Tomás, mas ele disse que também iria para o térreo, junto com os demais. Ao descerem, M. Pasquier o convidou para o almoço, num restaurante próximo ao escritório.

— Infelizmente não posso — respondeu Tomás — tenho que ir ao meu hotel, onde um amigo me espera.

— Que pena — disse o suíço, acrescentando — marcaremos outro dia sem falta.

Tomás esperava ansioso pela partida dos colegas para falar com Beatriz, sendo surpreendido ao ouvi-la dizer:

— Então vamos, até mais tarde, Tomás!

Só aí compreendeu que o almoço já havia sido combinado entre eles. Atônito, despediu-se, virando-se para a direção de seu hotel, onde um amigo imaginário o esperava.

Tomás estava indignado, triste e se sentindo ofendido. "Como ela pôde me tratar assim?", "Que palhaçada é esta?", "O que deu na cabeça de Beatriz?"

Cruzou o lago sem ao menos olhá-lo uma vez. Passou pela porta de seu hotel e seguiu por uma rua comprida até dar numa grande avenida vinte minutos depois. Parou e se apercebeu que não ia a lugar algum. Sem saber o que fazer, olhou em volta, na esperança de ter uma ideia. Observou um bonito prédio, de proporções nobres, sabendo que o conhecia. Era o correio de *Genève*. Estivera lá com Rafi por algum motivo que já não se lembrava. Sentiu um aperto no coração. Curiosamente, isto o fez acalmar, como se toda a raiva que sentira, toda a indignação, tivessem se esvaído, restando somente a tristeza.

Caminhou de volta cabisbaixo, a passos demorados, na direção de seu hotel. Ao chegar, pensou em subir ao quarto, apenas para fazer uma hora antes de retornar ao escritório, mas teve preguiça. Como em frente havia uma Starbucks, resolveu tomar um café e comer alguma coisa, pois era hora do almoço.

A enorme e lenta fila desta vez não o incomodou. Ao contrário do usual, quando tomava apenas um rápido expresso, não tinha pressa nenhuma, como se não houvesse o que fazer neste mundo. Ao pegar seu café e o croissant que pedira, por boa sorte, uma mulher se levantou de uma poltrona de veludo roxo, em frente à janela que dava para o lago. Tomás correu para se sentar ali antes que outros a vissem.

Enquanto tomava pequenos goles do café, começou a pensar nas razões para o comportamento de Beatriz, que não o avisara de sua chegada, nem fizera qualquer contato. Não lhe foi difícil imaginar o ocorrido. Ela se encontrara com o marido, a quem amava ou, ao menos, gostava muito; envolvera-se novamente com ele, fazendo surgir um distanciamento do sentimento que haviam experimentado na estação de esqui e em *Genève*. Beatriz era uma mulher de caráter, honesta em todas as suas relações, quer no trabalho, quer com os amigos ou meros conhecidos. Um sentimento de culpa deve lhe ter tomado a consciência, fazendo-a afastar-se desta maneira.

Tudo isto Tomás pôde entender. No entanto, sentiu uma saudade, um desejo tenro e carnal ao mesmo tempo, não suportava a ideia de uma separação.

◘ ◘ ◘

Naquela tarde, ao retornar à sua sala, Tomás não conseguiu trabalhar; ficou abrindo páginas no computador, nas quais se sucediam pareceres, gráficos e relatórios, que prendiam sua atenção apenas por segundos, para esvanecerem a seguir, superados pela imagem de Beatriz.

Quando a tarde começou a escurecer, dando início ao fim de expediente, temeu que Beatriz saísse mais cedo, sem dar a possibilidade de se encontrarem. Desligou seu computador e, apressado, desceu ao lobby de entrada do edifício, ficando próximo ao elevador. Após alguns minutos, sentiu-se desconfortável de estar ali, encontrando e cumprimentando a todos que passavam, decidindo ir à lanchonete do Globus, um *grand magasin* que ficava em frente do escritório, de onde poderia vigiar a saída de Beatriz.

Passaram-se quase cinquenta minutos até ver Beatriz à porta do edifício; ela estava acompanhada por um casal a quem não conhecia. Para alívio de Tomás, eles se despediram, tendo Beatriz seguido pela rua em direção ao lago. Ele largou o café que pedira e saiu atrás de Beatriz, chamando-a quando já se encontravam longe do escritório.

— Beatriz, Beatriz, sou eu!

Ela parou, demorando-se um pouco para se virar. Ao fazê-lo, tinha uma expressão angustiada no rosto.

— Tudo bem? Eu queria falar com você; pode ser? — perguntou Tomás, num tom relutante.

— Claro, Tomás; nós temos mesmo que conversar.

Ele se aproximou e foi cumprimentá-la, beijando-lhe o rosto. Sem querer, num movimento instintivo, Beatriz se afastou, deixando ambos constrangidos.

— O que foi? Nós não podemos nem mais ser amigos? Eu lhe fiz algo de mau?

— Me desculpe Tomás; eu estou tão aflita — disse Beatriz, abraçando-o levemente e lhe beijando o rosto.

Por alguns instantes, eles seguiram caminhando, como se fosse um fim de tarde qualquer. Quando chegaram à esquina na qual se via a ponte dando para o Hotel des Bergues, Tomás resolveu falar, antes que Beatriz seguisse para o seu hotel.

— Eu entendo você; de verdade. Eu só acho que as coisas não podem terminar assim.

— Ah, Tomás, se você soubesse o que estou passando. — Ao dizer isso, Beatriz abaixou a cabeça, cobrindo os olhos com a mão, não contendo o choro.

Tomás a abraçou carinhosamente, esperando até que ela dominasse a emoção.

— Venha comigo, vamos ao meu hotel, onde poderemos conversar.

— Não! Nem pensar! Vamos a uma cafeteria qualquer!

Tomás olhou em volta e disse:

— Aqui não tem nenhuma! Só aquela ali lotada; não vai dar.

Apontando para o fim da rua, onde ficava a Caviar House, falou com determinação

— Vamos lá, é o único lugar sossegado por aqui.

Ao ingressaram no restaurante, subindo ao primeiro andar, o maître os reconheceu, oferecendo a mesma mesa que tinham ocupado da outra vez. Indagados sobre o que desejariam, Beatriz pediu apenas uma garrafa de água com gás; ele, um uísque. Ante as inúmeras sugestões oferecidas, aceitaram uma degustação, só para serem deixados em paz.

Quando as bebidas chegaram, Tomás tomou um grande gole do uísque, demonstrando sua apreensão. Nem ele, nem ela, sabiam como começar a conversa.

— Tudo em ordem no Brasil; aconteceu alguma coisa?

— Não, não aconteceu nada de especial. Só eu que voltei para a minha vida, para a minha realidade... Vi o absurdo destes últimos tempos.

Tomás balançou a cabeça, dizendo com tristeza:

— Não fale assim, Beatriz.

De uma forma calma e objetiva, ela analisou a situação de ambos, mostrando a Tomás o dilema moral que enfrentava. Abatida, mencionou o que chamou de "a sua perfídia", ao telefonar carinhosamente para o marido, após horas de sexo com Tomás.

No início, os dois conseguiram conversar de modo tranquilo, pois Tomás podia compreender perfeitamente os sentimentos de Beatriz. Na medida, contudo, em que ela dava por terminado o relacionamento entre eles, Tomás se revoltava e se exaltava, contrapondo todos os argumentos que seu coração mandava.

O impasse ia ficando cada vez maior; a emoção de ambos alimentava um fogo que crescia sem controle.

Por fim, Tomás disse num tom acusativo:

— Você não quer me entender. Está sendo egoísta!

Essas palavras de Tomás injuriaram o senso de justiça de Beatriz, queimando-lhe os ouvidos e o peito.

— Egoísta? — perguntou em voz alta. — Eu não sou egoísta, você deve estar me confundindo com alguma garota de programa, com a sua amiga lá do Brasil!

Ao ouvir isto, Tomás se transtornou, fechando o rosto numa expressão de ódio. Levantou-se tão bruscamente que derrubou a garrafa de água sobre a mesa. Todos no restaurante olhavam. O maître interveio solícito, tendo Tomás lhe pedido a conta. Nos instantes em que esperavam, Beatriz também se levantara, segurando trêmula a sua bolsa.

Quando saíram ao ar livre, Tomás a segurou pelos braços, dizendo-lhe quase aos berros:

— Você acha que por ser casada é a única que pode ter sentimentos, que pode amar de verdade, que os seus sentimentos são mais nobres que os meus. Que eu ando atrás de prostitutas! Faça-me um favor: desapareça da minha frente!

Beatriz parecia apavorada, com arrependimento nos olhos.

— Me desculpe, Tomás, eu não tinha o direito de lhe dizer isto. Eu não penso assim, juro. Desculpe-me!

Ele a largou, e levantando os braços para cima, disse--lhe num lamento:

— Chega! É melhor assim!

Tomás virou-se, dando as costas à Beatriz, e foi andando apressado até desaparecer na multidão da rua.

XXIX

Nos dias que se sucederam, Tomás e Beatriz pouco falaram entre si; limitavam-se a cumprimentar um ao outro e a responder as perguntas que o trabalho impunha. Ocorre que a dinâmica das reuniões, a infinidade de detalhes a acertar numa fusão daquele vulto, exigia que os dois expressassem seus pontos de vista a toda hora, numa dialética constante. Ademais, os colegas suíços e os interlocutores da outra parte tinham se acostumado a ouvir a opinião de ambos. Para piorar a situação, eles não podiam deixar transparecer que havia algum problema de ordem pessoal entre eles, pois isto seria recebido muito negativamente.

Somado a isto, a amizade que se desenvolveu entre os colegas no exterior, que cresceu com a viagem à estação de esqui, tornou natural que combinassem o que fazer nas horas fora do escritório, não possibilitando nem a Tomás, nem a Beatriz, recusar os convites para almoços e jantares juntos, sob o risco de revelarem seu relacionamento.

Assim, de uma forma quase obrigatória, continuaram a se ver e a conversar todos os dias, apesar do rompimento íntimo e afetivo que se impuseram. Um sentimento de pena, uma tristeza afetiva foi-lhes dominando o espírito, fazendo-os sentir saudades dos tempos passados juntos.

Era comum nas reuniões de trabalho que os pusessem sentados lado a lado, apesar da relutância de ambos, pois eram eles que comandavam o encaminhamento da fusão. Desse modo, Tomás se pegava constantemente olhando para os lábios de Beatriz e, sem querer, os imaginava quentes e gostosos de serem levemente mordidos. Sentia o cheiro de seu perfume, que se acostumara a sentir no próprio corpo, levado pelo suor de ambos. Tinha, às vezes, a sensação de que ela pensava a mesma coisa, o que o deixava feliz e angustiado ao mesmo tempo.

Certo fim de tarde, ao passar em frente a uma loja de cosméticos femininos, achou ter sentido o perfume de Beatriz, entrando súbita e irrefletidamente no local. A vendedora, uma jovem magra e elegante, aproximou-se e lhe perguntou o que desejava.

— Um perfume!
— Qual o senhor deseja?
— Eu não sei bem, um perfume de mulher.

Ela sorriu com certa condescendência e apontou para uns frascos sobre o balcão, dizendo:

— Estas são as novidades; o senhor prefere um aroma doce ou mais silvestre?

E assim Tomás se pôs a cheirar fitas de papel das mais variadas essências, ao fim das quais não encontrara o perfume de Beatriz. Desanimado, saiu caminhando sentindo uma saudade doída de Beatriz, que parecia aumentar a cada minuto, a cada segundo. Deu-se conta do tempo que ainda teriam *juntos*. Os trabalhos já chegavam aos últimos pormenores, a fusão não demoraria a se finalizar.

Sentiu crescer dentro de si um desespero, uma urgência, um desejo louco de abraçar e beijar Beatriz, de possuí--la seguidas vezes, até que o cansaço o matasse, livrando-o de ter que deixá-la partir!

Resolveu ir ao hotel de Beatriz, iria subir ao seu quarto e lhe falar tudo o que sentia. "Danem-se a fusão, o que os advogados vão pensar e o que acontecerá amanhã!"

Seguiu pela Rue de Confederation, paralela ao lago, visando a chegar na primeira ponte para atravessá-lo. Caminhava a passos apressados, não deixando de olhar ao redor, pois este era o caminho normalmente utilizado por Beatriz. Ao chegar a uma pracinha, onde várias ruas confluíam ao redor de um boulevard com uma antiga fonte, viu Beatriz prestes a atravessar a rua. Chamou-a em voz alta, acenando-lhe.

Ela parou e não atravessou a rua. Ao invés de voltar para encontrá-lo, como seria natural, permaneceu imóvel, à beira do meio-fio, atrapalhando os pedestres que queriam atravessar.

Tomás, que vinha acelerado, ao ver o medo e a relutância em seu olhar, na sua postura, diminuiu o passo, atingido por um instante de serenidade e reflexão. Era como se Beatriz lhe pedisse para ir-se embora.

Ele se aproximou cada vez mais devagar. Os seus olhares se encontraram. Havia sofrimento nos olhos de Beatriz. A mais ou menos um metro dela, Tomás parou, imobilizado por uma forte emoção. Ele não queria molestá-la, não queria fazê-la sofrer ou coagi-la a alguma coisa. Queria apenas abraçá-la e sentir o calor de seu corpo.

Tomás estendeu as mãos, no movimento instintivo de quem perde; de quem pede; de quem não tem mais palavras.

Beatriz deu um passo e segurou as suas mãos. Eles se olharam nos olhos e souberam que não havia nada que pudessem fazer.

Foram caminhando lado a lado, quietos, até o hotel de Tomás.

XXX

A partir daí, Tomás e Beatriz se viram quase as 24 horas do dia; no escritório, quando não estavam em reuniões juntos, subiam ou desciam os andares para falar alguma coisa ou tomar um café. À noite, jantavam com todos os colegas reunidos, num ambiente de confraternização.

Após os jantares, conversavam e disfarçavam um pouco, indo o mais rápido que podiam para a cama. Normalmente, Beatriz saía de seu hotel indo ao de Tomás, que era o único a lá se hospedar. Mas havia noites em que os colegas demoravam a se despedir, tomando licores no bar do des Bergues, sendo que Beatriz subia, punha sua camisola e telefonava para Tomás, dizendo-lhe que já se deitara e que, se ele quisesse, deveria esperar um tanto e ir ao seu hotel. E ele queria muito!

Deleitado, Tomás se punha a ponderar que o reencontro de uma mulher, de uma amante carinhosa, chegava a ser melhor do que fora na primeira vez. Os corpos pareciam já se conhecer e falar a mesma língua, numa simbiose erótica que o deixava exausto e maravilhado.

O curioso foi que do momento em que resolveu jogar tudo para cima e apertar o botão do *dane-se*, Tomás inconscientemente se permitiu amar Beatriz em sua plenitude, como se não houvesse um problema a separá-los. Contou-lhe coisas íntimas e engraçadas de seu passado, revelou seus medos infantis e, para si só, sonhou com um futuro ao seu lado.

Isso contagiou Beatriz, sendo que os dois usufruíram um momento de rara felicidade. Os colegas notavam a alegria explícita, imputando-a ao sucesso e término da fusão. Era o contrário.

Tomás pensava no fim dos dias em *Genève* como alguém pensa que um dia estará muito velhinho e que morrerá. Era uma realidade. O ser humano, contudo, consegue encobrir as coisas que *são* pelas que *deviam ser*. "Para, relógio maldito! Para, tempo!", não chegou a verbalizar Tomás. Lá no fundo, onde Freud descobre as razões, Tomás sabia, ou ao menos intuía, que algo vultoso estava acontecendo; que os alicerces daquilo que conhecia por *sua vida* moviam-se rumo a um arco-íris tão bonito quanto inapreensível.

Ele estava cansado de sofrer; cansado de desejar o *oásis no deserto ao lado*, como dizia o poeta, sem saber o que o destino, a fortuna, lhe havia reservado. A *manhã de sol dos vinte anos* era um passado já longínquo, embora parecesse estar ali, ao seu lado, para ser gozado uma outra vez. Por que não poderia ser feliz; simplesmente feliz como o são a gaivota que mergulha no céu para pegar seu peixinho brilhante no mar azul, ou uma simples pedra que, lânguida, toma o sol dos fins de tarde.

"Por que deveria temer o amanhã?"

Quando Beatriz atendeu ao telefone, percebeu pela voz de Tomás que algo ocorrera.

— O que foi?

— Você pode subir um instante até aqui?

— Posso, mas o que foi?

— Suba aqui!

Após darem-se um rápido beijo, ela insistiu:

— O que aconteceu, não me assuste assim!

— O Diego acaba de me ligar. Ia ligar pra você também. Ele recebeu uma ligação do presidente do conselho da UBE, questionando a demora na finalização dos contratos. Os próprios acionistas controladores demonstraram insatisfação.

— Mas que demora? Eles não sabem a complexidade das questões envolvidas? Querem o quê?

— O Diego sabe disso. É que surgiram rumores de que a fusão não se concretizaria, que uma terceira instituição estaria tentando entrar. Parece que as cotações caíram por conta das especulações.

— E eu com isso. Sou advogada, não tenho nada a ver com "rumores". Tenho que fazer meu trabalho com perfeição!

— Fique calma, o escritório compreende muito bem. Ele só nos pediu a máxima urgência, pra darmos uma apressada.

— Hã, sei. Como se fosse assim — disse Beatriz alterada e estalando os dedos no ar.

— Ele nos pediu para elaborarmos o relatório conclusivo sobre as compatibilidades das duas legislações e o termo oficial da convocação dos acionistas para a outorga.

Sabe como é o Diego, educado, mas incisivo; mencionou uma semana de prazo.

— Muito bem... Tá bom — falou Beatriz, como que indiferente.

— Você acha que consegue fazer o relatório? O termo de convocação é de minha responsabilidade.

— Consigo... Na verdade, eu já o fiz.

— Já fez? — Suspirou Tomás, balançando negativamente a cabeça.

— Que foi?

— Eu também já fiz o termo de convocação, na semana passada!

— Você acha que estamos postergando as coisas?

Tomás olhou para ela com tristeza e não respondeu.

🌀 🌀 🌀

Como haviam combinado, Beatriz enviou o relatório conclusivo dois dias depois, tendo Tomás esperado até o fim da semana para encaminhar a minuta da ata de convocação. Deste modo, pareceria que ultimaram com urgência as providências faltantes.

O simples fato de tê-lo feito, de praticamente oficializarem o término da operação, trouxe à Tomás e à Beatriz um sentimento de angústia, que se manifestava em diferentes formas.

Ele sentia uma raiva que descarregava com atitudes violentas e pouco comuns. À uma falha na impressora, Tomás desferiu um soco do topo do aparelho, quebrando a haste de plástico e fazendo-a imprimir até o fim do papel a mesma página. Aos colegas ao seu lado, que o olharam assustados, Tomás se justificou:

— Ela faz isso toda vez; é melhor mandar substituí-la; não tem quem aguente!

Já Beatriz reagiu de outro modo, assumindo um silêncio não usual. Ela parecia preocupada, ensimesmada, como se estivesse pensando em algo muito complicado. Respondia ao que lhe perguntavam com meros "sim" ou "isso mesmo", em vez dos comentários animados de sempre. Quando estavam a sós, caía em crises de choro nos momentos menos esperados, deixando Tomás sem saber como agir.

Isto durou até a segunda-feira, quase ao fim do expediente. Em transmissão pelo Skype, recebida por todos os advogados da equipe, um animado Dr. Diego cumprimentava a todos, elogiando em nome do escritório o excelente trabalho realizado, "que seria considerado no currículo pessoal de cada um", e determinava a volta dos advogados ao Brasil nos próximos dias, assim que o departamento conseguisse marcar o voo de retorno.

⬚ ⬚ ⬚

Tomás escutou o computador dar o sinal de imagem via Skype. Fosse por estar ocupado nuns documentos, fosse por temer uma mensagem do Brasil, permaneceu longe da tela, como se não estivesse na sala.

A alegria de Diego, o sucesso da operação, pareciam-lhe uma estupidez, uma coisa que lhe agredia brutalmente. Ao pensar em Beatriz, sentiu um aperto no coração, uma tristeza acachapante, um peso que quase o derrubou.

Ponderou se ela havia visto a mensagem, imaginou sua reação. Teve vontade de ligar para ela, descer imediatamente e a abraçar longamente.

Sabia que deveria responder; dizer que aquilo tudo era *fantástico*, que estava realizado com o sucesso da fusão. A coragem, contudo, faltou-lhe. Andou de um lado a outro de sua sala e sentou-se numa cadeira destinada a clientes. O destino, ou aquilo que ele sabia que iria acontecer, aconteceu. A vida apenas seguia o seu curso.

Após escutar a comemoração de todos, inclusive a de Beatriz, que a percebeu triste como a sua, apertou o botão do computador, e manifestou sua alegria ao amigo; tão verdadeira como podem ser todas as coisas na vida, no final das contas.

XXXI

Após celebrarem, com a equipe toda numa alegria de vidro, Tomás esperou que Beatriz viesse ao seu hotel, como haviam combinado. Abraçaram-se terna e longamente, beijaram-se, na boca, no rosto e no pescoço; deixaram os corpos se aglutinarem, num desejo de permanecer assim.

Quando o gozo e o cansaço amainaram, de mãos dadas, olhando para o teto, ensaiaram dizer o que precisavam.

— Você acha que devemos voltar no mesmo voo?

Tomás não respondeu de imediato, pensando em todas as implicações que a pergunta trazia.

— Sei lá, vai depender também do escritório.

Beatriz beijou seu ombro e se apertou a ele, ao máximo que podia. Sem querer começou a chorar; no início, um simples murmúrio; depois um choro copioso, que não queria parar.

— O que foi, Beatriz? Não fique assim; tudo tem uma solução. Você, nós, podemos resolver qualquer coisa. Voltar ao Brasil não significa o fim para nós, não é?

Ela permaneceu em silêncio até parar totalmente de chorar; depois falou, mais como se falasse para si mesma:

— Às vezes, eu tenho até raiva do Ricardo, de sentir o que eu sinto por ele. É um sentimento forte, de companheirismo, de amor mesmo.

Após dizer isto, Beatriz deu um riso forçado, balançando a cabeça:

— Eu imagino o que você deve estar pensando, ao me ouvir falar de amor, deitada nua aqui ao seu lado. Mas é assim que é. Eu estou falando a verdade.

— Eu sei, Beatriz.

— Não importa que ninguém me entenda; eu mesmo já não entendo o que sinto. Tenho só pena. Do Ricardo, de você e de mim mesma — disse, recomeçando a chorar.

— Calma, amor. Apenas me dê um abraço.

Foi somente mais tarde, quando a madrugada fez um silêncio absoluto, que Beatriz conseguiu falar:

— Você tá acordado?

— Estou.

— Eu vou precisar de um tempo só para mim. No momento, eu estou perdida. Parece que há um buraco escuro à minha frente e a única coisa que posso fazer é cair.

— Não fale assim.

— Não existe decisão boa; mas eu vou ter de achar a minha. Quando nos despedirmos, eu vou pedir pra você não me procurar. Quando eu estiver ok, eu ligo pra você. Tudo bem?

— Tudo, eu vou esperar por você, sempre!

XXXII

Foi Diego quem resolveu a volta ao Brasil, pedindo a Tomás que permanecesse mais dez dias em Genebra. Haveria um evento, um coquetel, seguido de alguns discursos e de jantar, no qual os controladores das instituições bancárias fundidas, iriam assinar formalmente os termos constitutivos da nova holding. Deveriam comparecer os representantes dos maiores bancos europeus e investidores potenciais, sendo imprescindível a presença de alguém gabaritado do escritório.

Num primeiro instante, Tomás se sentiu contrariado, mas depois ponderou que seria melhor assim, pois evitaria contatos com Beatriz, respeitando a vontade dela. Ademais, o que faria no Brasil além de trabalhar? Em *Genève*, poderia ajudar na amarração dos últimos detalhes da implantação do projeto que demandariam longas conversas por telefone.

A cidade da qual tanto gostava, contudo, pareceu-lhe acinzentada e vazia, com noites que lhe custavam a passar. Ao chegar o fim de semana, com os negócios fechados na tarde de sábado, teve a impressão de ser o único ser humano nas ruas, sentindo inusitada solidão.

Não querendo deixar-se levar pela melancolia, decidiu-se a passar o dia na vizinha Annecy, onde sempre tivera momentos agradáveis. Logo cedo no domingo, pegou o carro que o escritório alugara e partiu rumo aos Alpes franceses. A própria viagem, com a atenção que a direção exigia e as paisagens no percurso, já lhe fez bem, tirando-o daquela angústia latente que o porvir trazia.

Ao chegar em Annecy, estacionou o carro próximo ao centro histórico e foi à procura de um café que conhecia, onde se comia um croissant saindo do forno. Como as ruelas eram pequenas e sinuosas, sendo ele péssimo em localizações, não encontrou o lugar, satisfazendo-se com um pequeno bar de esquina. Enquanto tomava o café no balcão, recordou-se de como Rafi guardava cada lugar, cada loja, pelos quais passavam. Anos depois, ela apontava uma direção e dizia: "nesta rua, é só seguir duas quadras e virar à esquerda". Dito e feito. O lugar era encontrado sem mapas, endereços ou qualquer pista.

Tomás riu uma saudade gostosa, como se estes fatos tivessem ocorrido há séculos. Com certa surpresa, percebeu que a lembrança não lhe doía mais, ou pelos menos, não o incomodava desta vez. Reanimado pelo café, pôs-se a andar à esmo, acompanhando os canais de águas limpas que cruzavam e cercavam a cidade, repleta de construções históricas.

Os canais o remetiam aos da sua infância e adolescência, quando caminhava observando as sombras das árvores se refletirem e se misturarem nas águas que corriam. Comparar os canais seria algo impróprio, pois em Annecy eram cristalinos, vindos do desgelo das grandes montanhas em volta, mas para Tomás isso não importava: a memória afetiva corrigia todas as imperfeições.

O caminhar, o colorido das casas, numa mistura de tons pastéis que iam do amarelo ao roxo, trouxeram-lhe uma sensação agradável de paz interior e de otimismo, que lhe fizeram pensar em como seria boa a sua vida ao lado de Beatriz. Haveria momentos difíceis a superar, pois ela certamente sofreria em deixar o marido e os seus vínculos familiares. Mas, passados esses dias, todo um futuro se abriria para eles e Tomás saberia aproveitar a nova oportunidade.

Diferentemente, quando se punha a raciocinar, olhando com isenção para a situação de Beatriz, com sua vida costurada numa tenra felicidade, um frio desagradável lhe subia pela espinha, fazendo-o se questionar sobre o *valor* que realmente possuía na vida dela.

Ele não tinha ninguém. Bastava-lhe seguir o coração. Beatriz, ao contrário, usufruía uma *vida* com o marido, alicerçada em um passado juntos. Para ela, haveria o risco da *perda*, coisa que o ser humano só consegue apreender depois de ocorrida.

Após um suspiro, indignado, perguntou-se: "quem disse que ele não tinha ninguém?" A Solange seria o quê? Seriam os meses e os anos, o tempo afinal, a dizer da importância das pessoas em nossa existência?

Não, não era assim. Um momento especial, daqueles que ficam marcados na alma, dura muito mais que os anos a fio. Havia muitas outras coisas, nesta escolha não escolhida que pensamos fazer.

"Vida difícil essa nossa", pensou mais uma vez, invejando as pedras que rolavam sob as águas, nos bonitos canais de Annecy.

No dia seguinte, de volta à *Genève*, Tomás almoçava num restaurante especializado em espaguete, no início da súbita para a *Vielle Ville*, onde se desfrutava de um ambiente descontraído, que misturava estudantes com mochilas e cadernos com senhoras elegantes repletas de joias, quando escutou o sinal do WhatsApp e viu uma mensagem do escritório. Estranhando um pouco, pois só recebia mensagens de Diego, abriu-a imediatamente:

"Dr. Tomás, é a Cíntia do departamento de apoio. O Dr. Diego pediu para informá-lo que o evento de encerramento é a rigor, *black-tie*. Nós já contatamos uma loja, próxima ao escritório do Crédit, para atendê-lo no endereço abaixo. Se precisar de mais alguma coisa, por favor, nos informe".

— Pfff— fez Tomás, irritado. — É por isso que o Diego não me ligou. Que saco!

Ao ver que a loja era na própria *Rue de Rhône*, quase no seu caminho de volta, acalmou-se, ponderando que uma andada faria bem à digestão. Ademais, ao contrário do que imaginara, houve poucas questões a resolver nos trâmites burocráticos finais da fusão. Assim, aproveitou a tarde tranquila, para providenciar o smoking e sapatos apropriados.

No começo da noite, desligava seu computador quando Diego lhe telefonou:

— Já está bonito para a festa? — perguntou brincando, num entusiasmo incomum.

— Já. Comprei o smoking mais caro da loja!

— Fez muito bem! O pessoal das finanças não vai reclamar! Tenho ótimas novidades!

A seguir, Diego contou que o escritório fora sondado pelo CEO de uma das maiores montadoras europeias, interessado em saber como fora realizada a fusão do Crédit, para eventualmente contratar os serviços advocatícios do escritório. Seria uma troca de ações entre a montadora e uma instituição bancária brasileira. O negócio envolveria bilhões de dólares.

— Ele vai procurá-lo no jantar. Chama-se Bernard Duffont e é o mandachuva da FDC.

— Ok. E quais são as nossas diretrizes? O que devo fazer?

— Nada específico, é um contato preliminar. Muito valioso, frisou. — Tudo bem — disse Tomás, sem muita veemência.

— Obrigado, Tomás. Nós sabemos que isto é fruto do belo trabalho de vocês, de você principalmente. Parabéns mais uma vez! E me mande notícias depois.

◘ ◘ ◘

Ao se olhar no espelho de seu quarto, Tomás gostou de sua apresentação; o smoking lhe caíra bem, como assegurara a vendedora. Quanto tempo fazia que não ia a uma festa destas? Com certeza seria um grande evento, com tudo do bom e do melhor. Deveria estar animado, pois era um de seus principais partícipes. Era hora de receber os cumprimentos e se divertir. Bem, iria tentar.

Quando o táxi em que vinha chegou ao *Palais Expo*, um policial abordou o motorista, dizendo que não poderia ir mais à frente, estando a área isolada por cones e faixas. Ao ver Tomás de smoking, perguntou se estava autorizado, tendo Tomás lhe mostrado o convite que trazia no bolso.

A entrada e todo o caminho para a salão do evento estavam elegantemente ornamentados; quase não se percebendo o aparato de segurança montado ao redor. Era natural, pensou, calculando quanto os anfitriões e os seus convidados representavam em suas fortunas.

Após as formalidades de entrada, ao ingressar a sala principal do evento, Tomás se surpreendeu com o ambiente, por meio de luzes, plantas e esculturas, os decoradores tinham transformado o enorme salão num recinto acolhedor, que mais parecia uma vila italiana.

À sua mesa, Tomás encontrou sentados os advogados suíços e suas respectivas mulheres, bem como executivos de ambas as empresas com os quais mantinha regular contato. Todos o receberam com deferência e uma certa alegria, o que fez com que Tomás, o único sozinho, se sentisse à vontade.

A música aumentou de volume, enquanto o champanhe era servido por incontáveis garçons; os convidados logo se levantaram, os mais animados para dançar; os outros, para conversarem em pequenos grupos, ouvindo-se uma série de risadas e exclamações em voz alta. Em pouco tempo, havia uma verdadeira ebulição de entusiasmo, só possível pela diversidade étnica dos convidados, pois havia pessoas de todas as raças e continentes.

Tomás observava a diferença nos trajes, principalmente das mulheres, não obstante alguns homens usarem túnicas coloridas, quando reparou numa mulher que passava próxima ao bar. Levou um susto: Beatriz viera de surpresa e sem avisá-lo! Seguiu-a com os olhos, indo ao mesmo tempo em sua direção. Por sorte, ela virou-se para falar com conhecidos, possibilitando a Tomás examiná-la de perto: embora o corpo e os cabelos fossem idênticos, os olhos, ou melhor, o olhar era totalmente diferente. Beatriz era mil vezes mais bonita, pensou, aliviado e entristecido ao mesmo tempo.

"Que bom se ela estivesse aqui na festa!", suspirou Tomás, sentindo uma súbita perda de energia, como se sua alegria fosse levada junto ao pensamento para um outro lugar, bem longe dali.

Sentou-se ao balcão do bar e pediu uma dose de uísque, deixando-se ficar absorto numa estranha distância de si mesmo e da festa ao seu redor. Perguntado, Tomás não saberia dizer no que pensou. Havia apenas uma nostalgia, nem boa, nem má.

Algum tempo depois, a música se suavizou num tom mais baixo, e o jantar começou a ser servido. Ele não sentia a menor fome e preferiu permanecer onde estava, bebendo calmamente. Imaginou que ninguém daria pela sua falta, pois os convidados se sentaram a diversas mesas, junto às pessoas com quem conversavam.

Em seu estado meditativo, Tomás demorou a entender o que um dos advogados suíços, acompanhado de um senhor, tentava explicar-lhe. Só quando ouviu os nomes Duffond e FD, voltou à realidade, levantando-se de um pulo.

— Desculpem-me, eu estava tão distraído!

Após as apresentações de praxe, o advogado deixou-os à vontade, voltando à sua mesa sob um pretexto qualquer.

Tomás estava um tanto desconfortável, como um jogador que entra sem aquecimento num jogo de futebol. Enquanto pensava no que dizer, foi surpreendido pela pergunta mais simples de todas:

— O que você está tomando?

— Oh, perdão, o que o senhor gostaria de beber?

— Acho que um digestivo; um Fernet.

Tomás chamou um garçom e lhe passou o pedido.

— E, por favor, não me chame de senhor — disse Bernard Duffont, acrescentando com um sorriso:

— Quando você chegar a minha idade vai entender!

Tomás riu, percebendo a empatia do seu interlocutor, que provavelmente pedira o digestivo somente para não o incomodar, tirando-o de onde estava.

Permaneceram no bar e, para surpresa de Tomás, o CEO da poderosa montadora começou a falar das músicas que tocavam e de como elas o emocionavam.

— Esta aí tem uns quarenta anos! O impressionante é que cada vez que a ouço, eu gosto mais.

Tomás ia comentar qualquer coisa, mas percebeu que Bernard tinha fechado levemente os olhos, apreciando a canção.

Pouco depois, ele disse com alegria para Tomás:

— Se você soubesse para onde ela me leva!

Tomás sorriu e ficaram escutando as músicas, jogando conversa fora, como se fossem velhos conhecidos.

Quando começaram a servir as sobremesas, Bernard o convidou para irem até à sua mesa, onde poderiam conversar com tranquilidade.

Tomás, que já se impressionara com a agilidade daquele senhor de cabelos brancos, ao se sentar no alto e incômodo banquinho de bar, admirou-se ainda mais quando Bernard começou a analisar a fusão havida e a sua semelhança com a qual pretendia fazer. Ele deveria ser advogado e ter recebido muitas informações de bastidores, pensou.

Por outro lado, seu interlocutor falava de um modo franco e direto, não utilizando qualquer palavra do jargão jurídico, o que contradizia o seu palpite. Curioso, não resistiu em perguntar:

— O senhor é advogado?

— Não, graduei-me em engenharia e em história. Por que pergunta? Eu embaralhando as coisas, os nuances técnicos?

— Pelo contrário, um jurista não faria síntese melhor!

— Você é gentil — disse sorrindo Bernard, terminando sua explanação. A seguir questionou Tomás acerca da segurança jurídica no Brasil, da qual ouvira referências nada animadoras, bem como sobre a contratação de mão de obra e o respeito às normas internacionais do comércio, pedindo-lhe a opinião sincera, independentemente do interesse do escritório na negociação.

E Tomás assim o fez, ressaltando que no Brasil a previsibilidade era incerta, na medida em que a questão política, efervescente e dinâmica, não alcançara a maturidade, alterando-se de um extremo ao outro nos anos recentes. Não obstante, haveria meios jurídicos de contornar os problemas, ou ao menos, de reduzi-los bastante.

Os dois conversaram até que os últimos convidados deixaram o salão, formulando hipóteses e trocando ideias de como poderia ocorrer a pretendida troca das ações das companhias.

Ao saírem, um luxuoso Mercedes preto já aguardava na área reservada, tendo o motorista aberto a porta para Bernard. Este fez questão de levar Tomás ao seu hotel, aproveitando para concluírem os assuntos.

XXXIII

Tomás examinou todas as gavetas do armário, bem como as do móvel onde ficava o frigobar para verificar se não esquecia de nada. Tudo estava em sua mala em cima da cama e, apesar disso, ainda sobrava espaço. No frio europeu, alguns ternos, duas ou três cashmeres e um bom casaco de lã resolvem a questão do guarda-roupa, pelo menos para um homem acostumado a viajar.

Ao lado via a garrafa de vinho que presentearia *monsieur* Mario, em agradecimento a todas as suas gentilezas. No tempo em que Rafi vinha com ele à Suíça, compravam uma lembrança para o *concierge* no próprio Brasil, onde ela descobria coisas exóticas que sempre lhe agradavam. Agora era uma tarefa difícil, pois não tinha ideia do que lhe oferecer. Assim, acabava por escolher um ótimo vinho, na maioria das vezes italiano, acreditando que não haveria de errar.

Com tudo pronto, deteve-se um pouco a escolher o restaurante que iria reservar para a última noite, pois havia muitas opções gastronômicas em *Genève*. Decidiu-se pela Brasserie Lipp e ia pedir à recepção que fizesse a reserva, quando seu celular vibrou e tocou. Era Diego.

— Alô?

— Tomás, como está? Ainda bem que consegui alcançá-lo! Tenho excelentes novidades para você!

— O que foi? — perguntou animado.

— Você não vai acreditar! Nem nós acreditamos no primeiro momento!

— Diga logo!

— A fusão, a troca de ações da FDC, nós conseguimos pegá-la! Você conseguiu isto para nós!

— Já resolveram? Tão rápido?

— O tal do Bernard Duffont, o CEO, gostou muito da sua apresentação e decidiu nos contratar! Pode estourar o champanhe!

— Mas que apresentação? Só conversamos livremente sobre o assunto!

— Eu também não sei o que você possa ter falado, mas o homem gostou muito e viu nisso a competência do nosso escritório. Todos estão impressionados e agradecidos a você!

Tomás não sabia o que dizer ou pensar. Era incrível que num empreendimento deste vulto, onde normalmente seguiam-se encontros e reuniões intermináveis até uma decisão, a contratação dos advogados se desse de forma tão rápida.

Sentiu uma alegre excitação, mas antes que tivesse tempo de gozá-la, escutou Diego completar:

— É por isso que estávamos preocupados; não sabíamos se o seu voo era noturno.

Ao ouvir isto, Tomás percebeu seus músculos encresparem, sem saber exatamente por que.

— Agora você terá que permanecer em Genebra para cuidar do assunto!

"Não, de jeito nenhum!", disse para si mesmo, só pensando em chegar ao Brasil e rever Beatriz, independentemente de qualquer coisa.

— Diego, vou para o Brasil amanhã, no voo das 9 horas; já está tudo marcado.

— Eu sei, Tomás, mas é uma situação especial; especialíssima. Não podemos perder este contrato. Imagine se você não aparece; tudo pode ir por água abaixo!

— Mande alguém no meu lugar. Qualquer um qualificado pode dar início ao processo e eu posso acompanhar do Brasil!

Um prolongado silêncio indicou que as coisas não iam bem.

— Tomás, veja bem, você é o nosso representante aí, nestas negociações, perante o Duffont, a FDC. Não poderíamos mandar um outro, eles não aceitariam, ninguém aceitaria!

— É que eu tenho assuntos para resolver no Brasil; particulares, mas muito importantes pra mim! Eu só fiquei até agora por que você me pediu; lembra: pros detalhes finais da fusão!

— Tudo bem, nós sabemos disso. Compreendemos a sua situação; mas você deve compreender também a nossa. Houve fatos novos, imprevistos. Graças a você conseguimos este contrato, o que de alguma maneira vinculou você!

— Desculpe-me, Diego, mas eu tenho de voltar ao Brasil!

Após soltar um suspiro ruidoso, este falou, num tom pesaroso:

— Tomás, reflita um pouco. Após o sucesso da fusão, está se formando um consenso aqui no escritório; eu nem poderia lhe dizer isto, acerca da próxima vaga de sócio; você entende. O seu nome é o preferido do empresarial, do contencioso e acho que conseguiremos os apoios faltantes.

Aquilo era o que Tomás sonhara um dia fosse acontecer. Tornar-se sócio do escritório; um dos mais renomados do país. Isto implicava seu reconhecimento profissional, em prestígio junto aos Tribunais e demais advogados, na sua emancipação financeira. Sua vida daria um salto qualitativo irreversível.

Estranhamente, contudo, ouvir as palavras tão esperadas não lhe trouxe alegria. Percebeu ter responsabilidades inafastáveis perante os amigos do escritório e perante si mesmo. Não poderia se comportar feito um adolescente inconsequente. Vencido, disse:

— Está bem, Diego, eu fico o tempo necessário até esboçarmos toda a operação e pormos as coisas em marcha.

◘ ◘ ◘

Nos dias que se passaram Tomás embrenhou-se numa atividade laboral frenética: entrou em contato pessoal com Bernard Duffond, comunicando-lhe que estaria à frente das negociações e lhe pedindo para que os advogados da FDC marcassem o mais breve possível uma data para a reunião inaugural; pediu ao escritório que enviassem logo a equipe de apoio, com preferência aos membros que haviam participado da fusão anterior; encontrou-se com os diretores e advogados do banco que faria a troca de ações, o SBU, e, numa atitude pouco cautelosa, adiantou os pontos que seriam do interesse da FDC, conforme depreendera de suas conversas com Bernard Duffont.

Isto se devia à sua pressa. A vontade irracional de virar os ponteiros do relógio, as páginas do calendário, para fazer o tempo passar o mais rápido possível, aproximando-o de se reencontrar com Beatriz.

Quando refletia sobre o assunto, Tomás via o absurdo de tal conduta, pois a sua volta ao Brasil de *per si* não alteraria em substância a sua relação com Beatriz. *Ela precisava de um tempo. Pediu-lhe isto.* Era a coisa mais razoável e certa a se fazer. Qual seria este tempo? Tomás já pensara em todos os interregnos possíveis: um mês, dois, um ano? Quanto mais o número aumentava, mais se sentia só, mais de desesperava.

Por isso queria voltar. Tinha a impressão de que se estivesse próximo à Beatriz, no escritório, ainda que nem se falassem, ele não correria o risco de ser esquecido. Era um pensamento tolo, ele sabia, mas se sentia como um tolo, como alguém que se deixa levar por fantasias.

Tomás estava perdido. As *certezas* de ontem, as *verdades* da vida, pelo menos como as cultivara até recentemente, pareciam-lhe confusas e indistintas: ele estaria roubando a mulher de um sujeito legal como Ricardo; traria sofrimento e desgraça para a vida alguém que nada lhe fizera de mal!

"Mas também não lhe haviam tirado a Rafi? Eu também não sofri a minha cota?"

E Beatriz nisto tudo?

Ele daria tudo de si para torná-la a mulher mais feliz do mundo! Iria amá-la até o último dia de sua vida; tinha *certeza*!

Ao pensar isso, ao falar para si mesmo isso, Tomás foi tomado pela imagem de Rafi, sorrindo para ele após um beijo; viu também Solange, ofegante, sorrir-lhe com olhos de amor. Sentiu um estremecer no corpo, como um susto imotivado. Amedrontado, percebeu o acaso da vida.

"Como ele sentia por Beatriz aquilo que sentira por Rafi?"

Não era justo. Rafi fora tudo para ele; fora sua existência; aquele achado que as crianças guardam bem escondido.

Mas quanto tempo fazia isto?

E estes anos; passaram sem nada dizer?

Tomás se deu conta que a vida lapida seus diamantes, como esperamos um elevador que demora. Em um instante, a ansiedade se tranquiliza e já estamos novamente esperando o porvir.

Ele não conseguia entender o que sentia. "Como era possível isto?"

Em pouco tempo, meses, o que sentia por Rafi transmudara-se num encontro com Solange, numa fuga e num novo encontro com Beatriz.

Algo estava errado! A vida não podia ser assim!

Como um homem poderia passar anos rodeado de mulheres e de uma hora para outra se apaixonar por duas ao mesmo tempo. Duas não, ele continuava apaixonado por Rafi. Isso era loucura!

Por que Rafi se fora?
Por que fugira de Solange?
Por que, em um momento específico de sua vida olhara para Beatriz, como mulher?

Nesta confusão de pensamentos, lembrou-se de Sartre: "A existência precede e governa a essência".

Ele quis dizer que, com nossas ações, escolhemos o nosso destino!

"Foda-se Sartre! O que ele sabe da minha vida?"

〰 〰 〰

Os dias custavam-lhe a passar. A chegada de Pedro e Rafael, com quem desenvolvera uma verdadeira amizade, apesar da diferença de gerações, trouxe-lhe novo alento, que ele canalizou para a eficiência no trabalho, isto é, em fazer uma troca de ações entre gigantes do mercado no menor tempo possível.

Os estrangeiros se surpreendiam com o poder de decisão de Tomás. Ele parecia não consultar ninguém, acertando pontos difíceis, um atrás do outro, como se fosse o dono da empresa contrária. Certamente não era um mero advogado, pensavam, "deve ter parte no capital".

De fato, este empreendedorismo de Tomás chamou a atenção do próprio escritório, cujo alguns dos sócios sentiram um irritante desconforto, ao não serem previamente consultados; afinal, o negócio envolvia milhões e a reputação de todos.

Sem se dar conta, no afã de rever Beatriz, Tomás negligenciava procedimentos usuais da governança cooperativa, dispensando a realização de reuniões, o parecer de peritos e o aval do escritório. Pôs toda a responsabilidade sobre a sua cabeça, sentindo uma espécie de anestesia, de distanciamento do que pudesse ocorrer. Parecia que nada mais lhe importava na vida, a não ser *resolver-se, conciliar as pulsões que emergiam das profundezas do seu ser com a vida real, com o dia a dia aparentemente vivido por todos.*

Após um mês de trabalhos exaustivos, Pedro e Rafael, que se assustavam com a pressa de Tomás, achando-o à beira do stress, convidaram-no para ir novamente até Crans, nem que fosse por um fim de semana, para aproveitar o sol e esquiar um pouco.

Tomás declinou do convite, mas telefonou ao hotel, reservando um quarto para os jovens. Eles mereciam muito e Tomás, no íntimo, preferia ficar só. Havia muito a pensar.

Duas semanas depois, em exatos quarenta e dois dias do início, Tomás apresentou a minuta de todos os contratos a serem homologados, dos editais convocatórios das assembleias e do plano de adequação institucional a que se sujeitariam a FDC e o Suisse Banques Union.

Numa atitude impensada, expôs todo o seu trabalho de uma só vez, concomitantemente às duas empresas e a seu próprio escritório, enviando-lhes os documentos por e-mail.

"Pronto, aí está, já posso voltar!", foi a única coisa em que pensou.

No dia seguinte, após o café no hotel, caminhou até o lago "para se despedir", como gostava de fazer. Ficou parado junto ao gradil, vendo o rápido movimento das águas; neste ponto, podia-se enxergar o fundo e tentou ver algum peixinho. Respirou aquele ar fresco e limpo. Não resistiu em atravessar a ponte, só para ir e voltar, aproveitando a manhã da primavera que já se anunciava.

Ao se despedir de *monsieur* Mario, que o aguardava na recepção, presenteou-lhe a garrafa de vinho. Este agradeceu enormemente e, como de costume, não abriu a caixa envolta em papel celofane. Era um modo, pensava Tomás, que Mario tinha de mostrar a sua alegria, qualquer que fosse o presente.

Um funcionário da recepção, aproximou-se para pegar a mala de Tomás, mas o *concierge* lhe fez sinal para que deixasse. Mario fazia questão de levá-la ele próprio.

À porta do táxi, abraçaram-se, como só os amigos o fazem, e Tomás partiu para o aeroporto.

Deixara desligado o celular, pois não sentia vontade de falar com ninguém; estava cansado de fusões, permuta de capitais e das questões do escritório de um modo geral. Queria apenas *voltar*.

Sentou-se numa poltrona na qual podia ver a pista, com os aviões chegando e partindo, e se pôs a divagar, indo de sua adolescência à vida adulta, na mesma cadência imperceptível das aeronaves à sua frente. Tantas coisas haviam acontecido. Tantos caminhos surgiram ao acaso. Sem uma razão aparente, lembrou-se de sua analista e desejou tê--la ali ao seu lado. Como seria bom trocar uma ideia com a Dra. Norma! Ela sem dúvida o entenderia. "Melhor que ele mesmo", pensou sorrindo. Deveria retomar as sessões, mas ao partir para a Suíça se dera "alta" por conta própria e agora sentia vergonha de procurá-la de novo.

Quando o embarque foi anunciado, não resistindo à curiosidade, ligou novamente o celular. Após alguns segundos, pôde ver uma série de ligações perdidas; duas do Diego, outras de números conhecidos. Foi ao WhatsApp e visualizou o começo de uma mensagem dele:

"Grande trabalho, Tomás. Parabéns. Todos gostaram dos contratos. FDC e SBU já sinalizaram positivamente. Vamos enviar..."

Não a abriu, pois veriam que estava on-line; de todo modo a resposta o tranquilizou.

Restavam-lhe o voo à Zurique, onde faria uma escala, e o longo percurso até o Brasil.

XXXIV

Tomás lera um pouco, jantara e assistira a um vídeo, preparando-se para dormir tranquilamente, nas confortáveis poltronas que viravam camas de verdade. Apesar disto, passou grande parte da noite em claro, acompanhando sonolento a movimentação dos comissários que ora, atendiam a um chamado, ora preparavam alguma refeição.

Ele procurara dar uma trégua aos pensamentos e às decisões, ocupando sua mente com a leitura e a trama do interessante filme, mas não conseguira dormir. Quando o fez, logo serviram o café da manhã e começaram os demorados procedimentos para o pouso, com instruções pelos alto-falantes e o vaivém de pessoas.

Após pegar sua mala na esteira rolante, passou pela imigração e foi tomar um café expresso com um pão de queijo, para acordar de vez e se certificar que estava mesmo no Brasil.

Planejou ir até seu apartamento, tomar um demorado banho e ficar descansando em casa, só comparecendo ao escritório no período da tarde. Nem iria avisar de sua chegada. Por cautela, olhou seu celular: chamadas e mensagens de WhatsApp. A última era de Diego e lhe chamou a atenção: QUANDO CHEGAR, VENHA IMEDIATAMENTE À MINHA SALA!

As letras maiúsculas e o tom imperativo não eram usual. Normalmente teria se preocupado. Desta vez, contudo, sentiu uma antecipada alegria. Sabendo do sucesso de sua empreitada e do quanto fizera pelo escritório; provavelmente receberia o agradecimento formal de Diego e, quem sabe, um bônus extra.

Ao chegar ao apartamento, achou-o aconchegante e tremendamente espaçoso, após a prolongada estada num quarto de hotel. Tomou o banho e ficou andando descalço, sentindo com prazer o contato com o piso de madeira quente do verão brasileiro. Da correspondência recebida, só abriu um ou dois envelopes diferentes, deixando qualquer assunto burocrático para depois. Enquanto esperava pelo almoço, foi até o seu closet e ficou olhando para os ternos mais leves, escolhendo cuidadosamente qual iria usar. Este marrom combinava com a gravata azul-escuro que comprara. Camisa branca ou aquela com trama azul clara?

Quando se deu conta do tempo que ficara ali parado para resolver, Tomás riu sozinho, balançando a cabeça em desaprovação. Percebeu que queria ficar bonito, muito bonito, pois haveria de se encontrar com Beatriz.

"Como se a cor da camisa fosse fazer alguma diferença!"

Eram quase duas da tarde, quando Tomás chegou ao escritório após ter descansado e se alimentado. Cíntia, a recepcionista que ficava à entrada, numa espécie de balcão, logo observou que ele parecia revigorado e que estava particularmente elegante. Saudou-o com alegria, dando-lhe as boas-vindas.

Ao perceber que ele se dirigia à sua sala, disse-lhe rapidamente:

— Dr. Tomás, o Dr. Diego pediu-me para lembrá-lo de subir à sala dele logo que chegasse!

— Eu sei, Cíntia, só vou cumprimentar os rapazes.

— Posso avisá-lo que o senhor já vai subir?

— Pode, é só um minuto.

Tomás foi até o corredor onde ficavam as salas dos advogados juniores, envidraçadas na parte superior, tendo cumprimentado os que ali estavam. Em minutos, estava cercado pelos jovens, que queriam saber de sua viagem e cumprimentar o chefe que voltava. Falou com todos rapidamente, combinando de tomarem um café mais tarde. Em seguida, foi na direção do elevador, subindo ao último andar do edifício.

Ao vê-lo, a secretária de Diego se levantou e lhe abriu a porta da sala, dizendo-lhe:

— Pode entrar, Dr. Tomás. Eles estão esperando o senhor!

Tomás ingressou na imensa sala para dar com Diego ao lado de Machado, o sócio-gerente do escritório, que o receberam com efusivas saudações. Após os cumprimentos e abraços, Diego lhe indicou o ambiente ao lado, onde havia um grande sofá de couro e várias cadeiras, dizendo-lhe:

— Vamos nos sentar e comemorar a fusão e o seu regresso! Nós todos estamos muito felizes! O que você vai tomar?

Neste momento, Tomás reparou no balde com a garrafa de champanhe e nas taças ao redor.

— O Machado está tomando um licor, acha mais digestivo.

— Eu vou de licor também; acabei de almoçar em casa.

Eles se sentaram, brindaram e fizeram algumas brincadeiras acerca do sucesso do novo contrato, dizendo que os demais escritórios estavam deprimidos com a performance deles e que iriam fazer uma oferta pelo "passe" de Tomás.

A conversa fluía alegre e bem-humorada, mas Tomás não pôde deixar de sentir um certo desconforto, como uma indesejável intuição, a lhe advertir que havia algo de errado. Machado era um homem ocupadíssimo; que só comparecia em ocasiões muito importantes para o escritório.

Diego quis saber de certos aspectos jurídicos da troca de ações e das assembleias necessárias segundo a legislação suíça, o que levou a assuntos mais sérios, envolvendo a atuação do escritório em outros países. Por fim, Machado, que se mantivera calado após as saudações iniciais, pousou seu cálice sobre a mesa e olhou para Diego, como quem pedisse a palavra num evento oficial. Fez-se um silêncio meio constrangedor, que durou poucos segundos.

— Como podemos ver — disse Machado, num tom formal — o nosso escritório está ampliando as suas demandas. Tivemos um crescimento exponencial do número de causas e, principalmente, da receita líquida nos últimos três anos. Há um consenso entre os sócios de que devemos aumentar o quadro societário. Seria aberta já uma vaga e muito provavelmente mais duas até o fim do ano. Quero lhe dizer, Tomás, que o seu dedicado trabalho, principalmente a sua atuação na Suíça, vem qualificá-lo para tanto.

Imediatamente, Tomás pensou que lhe ofereceriam a oportunidade de se tornar *sócio*, o sonho acalentado pela centena de advogados que trabalhava para o escritório. Sentiu um calor dominando todo o seu corpo; engoliu em seco algo que parecia lhe fechar a garganta; sem perceber, balançava leve e afirmativamente a cabeça.

— Todos — continuou o sócio-gerente — ficaram impressionados com a sua capacidade de aglutinar forças que tinham interesses, senão opostos, ao menos conflitantes. Além disso, meu caro Tomás, você encontrou soluções jurídicas muito originais, num espaço tempo, digamos, "a jato", como se referiu um dos sócios.

Ao falar isso, Machado olhou para Diego e ambos riram um pouco.

Diego, acrescentou, à guisa de explicação:

— Houve um certo temor, nos setores mais antigos do escritório, com a desenvoltura com que você tratou as questões. Eles estão acostumados a serem previamente consultados, para deixarem as ideias maturar um pouco. Mas, agora, com os resultados obtidos, ficaram plenamente satisfeitos.

— Não foi somente a questão da FDC que nos impressionou pela rapidez — continuou Machado, ainda formal — foi igualmente a fusão do Crédit. Você sabe muito bem há quanto tempo estudamos o assunto junto aos suíços.

Uma equipe inteira ficou... um ano... mais que isso! Foi uma dádiva você poder ir. Eu me lembro quando o Diego me contou: fiquei duplamente feliz, pelo escritório e por saber que você estava finalmente recuperado! Não que Beatriz não fosse igualmente qualificada, ela o é, mas o projeto todo fora gestado dentro da sua cabeça, todos sabiam disto.

Ao ouvir o nome de Beatriz, Tomás sentiu uma súbita emoção; num átimo, numa fração de segundo, reviu as imagens da Suíça, como se tudo que lá aconteceu aflorasse dentro de si violentamente. Por instantes, não pôde ouvir o que Machado lhe falava e teve vários pensamentos ao mesmo tempo, todos envolvendo Beatriz.

— ... Anos que o escritório não enviava dois seniores ao exterior numa mesma missão, mas a experiência, surgida do improviso de sua decisão, mostrou-se mais que profícua!

— A Beatriz trabalhou tanto quanto eu — foi a única coisa que conseguiu dizer.

Diego e Machado se entreolharam, parecendo que ambos iam dizer algo importante. O primeiro fez um gesto de mão involuntário, como cedendo a vez ao colega.

— É muito bom ouvir isso — disse Machado, num tom peremptório. — Isso nos tranquiliza acerca da sua compressão quanto ao inusitado da presente situação. Normalmente, o convite seria feito a você, "Tomás"; era um consenso raro aqui no escritório.

Sem entender o que Machado expunha, meio perdido na conversa, Tomás olhou para Diego, quase que pedindo ajuda.

Percebendo a aflição do amigo, Diego interveio, como que lembrando algo a Tomás:

— A situação da Beatriz, a necessidade da mudança para Brasília!

— Que mudança para Brasília? — perguntou Tomás com cara de espanto.

O espanto de Tomás se transferiu para o rosto do outro, que perguntou assustado:

— Ela não lhe contou? Como assim? Eu não estou entendendo.

Tomás sentiu o peso de uma notícia muito ruim. Ele não alcançava tudo que isso podia significar, mas percebeu de imediato o fundo do poço à sua frente. Numa defesa instintiva, fez a única coisa que podia:

— Ela comentou comigo, meio por alto... Esses dias eu estive incomunicável, com a história da FDC.

Todos na sala ficaram em silêncio, nitidamente demonstrando que pensavam antes de dizer uma nova palavra.

Coube a Machado, o mais velho, o sócio-gerente do escritório, retomar o curso de sua explanação, na qual sintetizava as razões da decisão a ser anunciada a Tomás.

— Como você sabe, então, ainda que superficialmente, Beatriz resolveu se mudar para Brasília. Vai acompanhar o marido, que pretende realizar um trabalho "mais humanitário". Trabalhará para o Ministério da Saúde, no SUS. Imagine! Largar tudo aqui em São Paulo? O belo consultório e o hospital. E a Beatriz ir junto? Bem, cada um sabe de sua vida. Nós pensávamos em abrir uma vaga no quadro societário aqui em São Paulo, e eu posso revelar que o convite lhe seria feito, mas, diante das circunstâncias, havendo carência também de novo sócio no Distrito Federal, resolvemos primeiramente atender a esta necessidade, postergando um pouco os planos anteriores.

— "Um pouco", Tomás, veja bem — acrescentou Diego, num tom entre animar e consolar.

༄ ༄ ༄

Tomás rezava para que a porta do elevador se fechasse! Temia não conter o pranto por mais alguns segundos. Quando esta se fechou, abaixou a cabeça e deixou as lágrimas caírem. Deu três violentos socos na parede de metal atrás de si, fazendo ruidoso estrondo. Reconhecendo a impropriedade de sua conduta, levantou a cabeça, secou os olhos com as mãos e procurou respirar profundamente. Os pulmões, contudo, pareciam-lhe pequenos e colados, só permitindo curtas inspirações.

Para sua sorte, o elevador percorreu todo o trajeto do topo ao térreo sem interrupções. Aberta novamente a porta, Tomás saiu quase correndo em direção à rua, ao sol, como se deixasse um prédio em chamas.

Andou pelas ruas ao redor do escritório, num passo acelerado, que chamava a atenção dos outros transeuntes, até que o cansaço o fez parar. Ofegante, todo suado, com a camisa grudada ao corpo, afrouxou a gravata do colarinho molhado e ficou a olhar para uma grande avenida à sua frente, com olhos distantes e vazios. Depois, sentou-se numa mureta e abaixou a cabeça, as mãos sobre as pernas, como alguém que passasse mal. Três homens também de terno, aproximaram-se e lhe perguntaram se precisava de ajuda. Ele agradeceu e desconversou, dizendo estar só cansado de uma corrida atrás de um documento perdido. Levantou-se e seguiu na direção oposta, caminhando devagar e sem rumo definido.

"Como isto pôde acontecer?", questionava-se seguidas vezes. Na pior das hipóteses, admitia que Beatriz se distanciasse um pouco, ao retornar a conviver com o marido. Talvez sequer se falassem por algum tempo, como acontecera em *Genève*, mas se mudar para outra cidade, deixar o escritório, era pôr um fim em tudo, era nunca mais revê-lo! Ela, se quisesse, poderia lhe ter telefonado; dado uma explicação, um motivo. "Que sacanagem! Como a gente se engana com as pessoas. Eu imaginava Beatriz uma mulher sincera, como eu fui, como eu sou. Imagine se eu chegasse e, sem mais nem menos, dissesse para ela 'acabou', 'fim', 'vire-se'!"

Ao falar isso para si mesmo, Tomás lembrou-se de Solange, sentada numa cadeira de seu apartamento, abatida, sem reação ante a ida dele para Genebra, por um tempo indeterminado, que sabiam ser o término do relacionamento.

"Não é a mesma coisa. As circunstâncias são totalmente diferentes! E, depois, era um negócio do escritório! Não poderia dizer não... Ainda que pudesse; são coisas diferentes".

⊔ ⊔ ⊔

Diego foi até a sala de Machado, no fim do dia, para conversarem sobre o ocorrido. Estava bastante preocupado. Tomás não voltara ao escritório, tendo desligado o celular.

— Alguma novidade? — perguntou Machado.

— Não, ele não apareceu.

— Não se preocupe; deve estar esfriando a cabeça.

— É provável.

— Eu não imaginava que Tomás fosse reagir desta maneira. Ele sempre se mostrou sereno; eu diria até distante dos assuntos relacionados à ascensão profissional. Quando terminei de falar: que susto! Ele ficou branco, com um olhar estranho; pensei que ele estivesse passando mal, que fosse desmaiar bem na nossa frente!

— Eu também me assustei! Fico preocupado com seu estado mental. Será que ele não estava bem? Eu praticamente o forcei a ficar em Genebra; ele queria voltar, tinha "assuntos particulares a resolver". O pior é que eu lhe acenei com a possibilidade de se tornar sócio. Eu não deveria ter feito isso — disse Diego, num tom pesaroso e com triste expressão no rosto.

— Não se culpe por isso. A vaga era realmente para ele. Como você poderia adivinhar o que iria acontecer com a Beatriz. Foi um fato novo, totalmente imprevisível! Iríamos deixá-la na mão? Ela também renunciou a seus interesses para ir à Suíça, quando vimos que Tomás não apresentava condições. E depois, é uma questão de tempo. Neste ano ou no próximo chegará a vez dele. Ele vai refletir com calma e acabará por compreender. Segundo você me disse, eles eram bons amigos; isso também deve pesar.

Dando um suspiro, Diego disse:

— Eu espero, gosto muito do Tomás!

XXXV

"Meu Deus, que merda é essa de vida? Chega! Pra que passar por tudo isso? Se ela não me amava, pra que tudo isso? Eu *tava* bem-sozinho. Ia levando os dias do jeito que eles aconteciam". Que horas seriam? Quando tinha começado a beber? Não sabia nenhuma das respostas.

Só queria o corpo quente de Beatriz; queria penetrá-la, abraçá-la, ou simplesmente estar ao seu lado. De mãos dadas, falariam o que os namorados falam. Coisas sem importância, mas que marcam nossa existência.

Onde estaria Beatriz agora? Pensaria em mim? Se nos encontrássemos, num minuto de verdade, o que diríamos? Eu sei o que diria! Mentira, iria depender do que ela dissesse primeiro. Por que isso? Que coisa é essa que nos faz mentir nas horas mais importantes?

A vida passa e não beijamos nosso pai, não dizemos a um amigo o quanto o estimamos, não nos ajoelhamos e dizemos *eu te amo* a mulher da nossa vida!

Tudo parecia confuso. Ele parecia destinado a viver só. O que poderia ter feito diferente? Ele fizera tudo o que o seu coração mandara. Mas este mandava sinais que não *batiam* com a realidade.

Ele sempre amava alguém que não podia ser amada! Por que isso? Justo ele que presava tanto as coisas do amor! Quantas pessoas não se importavam com isso? Bastava-lhes ter um cônjuge, o marido ou a mulher.

Aquela sensação que vem de dentro, talvez lá de baixo, mas que nos gruda a alguém; parece que só ele sentia. Não era só o tesão, era algo muito maior! Tesão se sente por qualquer uma!

Amor só uma vez na vida!

Será?

Tomás estava angustiado. Queria apenas acordar e ser acolhido, queria não pensar no que os filósofos escrevem, queria reviver os momentos — poucos — em que tinha alguém ao seu lado.

Eram por volta das onze da manhã quando Tomás retornou ao escritório. Tomara somente um banho, vestira um terno e saíra, sem se barbear ou sequer pentear os cabelos.

À recepção, Cíntia o olhou apreensiva, pois o homem que estava à sua frente não era o mesmo do dia anterior. Parecia-lhe abatido, cansado, trazendo certa tristeza no rosto. Ele a cumprimentou, contudo, com a simpatia que podia externar e seguiu para o elevador.

Ela se lembrou do dia anterior, do chamado do Dr. Diego para que ele subisse logo, e ficou com pena de Tomás, imaginando que o tinham repreendido por algum erro em sua viagem. "Tomará que ele não seja demitido", pensou numa espécie de oração.

Tomás acordara decidido. Iria falar com Beatriz. Queria uma explicação, queria entender o que estava acontecendo. No elevador, enquanto este subia, porém, sentiu um misto de medo e de vergonha, intuindo o momento doloroso que se seguiria.

Cumprimentou a secretária de Beatriz com um aceno de cabeça e passou por sua mesa como se houvesse agendado um encontro com Beatriz. À porta, deteve-se por um instante; respirou fundo, bateu levemente e entrou.

Beatriz estava atrás de sua mesa, procurando algo sobre ela. Olhou para Tomás com certa surpresa, mas havia algo em seu olhar a dizer que já o esperava. Tomás fechou a porta e ficou parado, imóvel como um robô que acabasse a bateria. Apenas seus olhos olhavam para os de Beatriz. Uma tristeza enorme se abateu sobre ambos. Quando a primeira lágrima pesou o bastante, Tomás não pôde evitar mexer os lábios, sobre as mandíbulas contraídas, abaixando a cabeça, para deixar esta e as seguintes lágrimas caírem.

Beatriz também chorava, mas mantinha a cabeça erguida, para não ceder. As mãos firmemente agarradas às beiras da mesa.

Tomás levantou a cabeça, passou a mão sobre o rosto e perguntou:

— Se eu deixasse, você iria embora sem se despedir de mim?

Beatriz olhou para ele, o sofrimento nítido nos olhos, mas não respondeu.

Tomás caminhou até a mesa. Beatriz não se mexeu, a cabeça erguida e as mãos crispadas sobre a mesa.

— Eu só quero te dar um abraço — falou Tomás, como que pedindo.

— Não, Tomás, por favor...

Ele contornou a mesa e a agarrou num abraço. Por instantes, ficaram assim. Tomás cheirou os cabelos de Beatriz, beijou seu pescoço e encontrou sua boca.

— Não — repeliu Beatriz, afastando-se bruscamente.

Percebendo a agressividade do gesto, disse:

— Não, Tomás, não faça isso comigo!

Desesperado, com os braços a abraçar uma ausência, perguntou:

— Por que você tem que ir embora?

Ela abaixou a cabeça, balançando-a negativamente; depois o olhou novamente e disse:

— Eu não peço pra você me entender; peço pra você me perdoar! Sei o que você está sentindo, de verdade... Acredite-me. Tomara que você possa ser muito feliz, em breve e com a pessoa certa!

Tomás a olhava com indignação nos olhos, com mágoa, e não conseguiu dizer nada.

O som estridente do telefone parecia vindo de outro mundo.

— Sei, Cristina, eu já os mando entrar, peça-lhes para esperar um minuto.

Beatriz olhou para Tomás e lhe disse com tristeza:

— Uns clientes, os próprios donos da empresa e o advogado.

Tomás não queria sair. Sabia ser o fim. Um último resto de orgulho fez com que dissesse:

— Tudo bem, Beatriz, se é assim.

Tomás sempre se lembraria do suor em sua mão, ao segurar a maçaneta daquela porta, daquela vida.

XXXVI

Tomás se esforçou ao máximo para se concentrar no trabalho, para se inteirar das questões tratadas no Brasil, das quais estava afastado há algum tempo, mas a verdade era que nada lhe interessava. Depois de meses no exterior, tendo se dedicado a duas empreitadas importantes, que lhe mobilizaram todas as energias físicas e mentais, parecia exaurido para as coisas do dia a dia.

Este era o Tomás advogado, que talvez merecesse umas férias! Era o que estava melhor.

O outro, o ser humano, sentia-se roubado, assaltado à mão armada e desposado de todos os seus valores. Não haviam lhe deixado sequer uma foto na carteira. Deixaram, contudo, um bonito convite, feito num papel que parecia pergaminho, trazendo a notícia da festa de promoção e de despedida da Dra. Beatriz Junqueira, que assumiria a filial do escritório em Brasília.

No decorrer da semana, Tomás sentiu uma preguiça invencível, que o impediu de se levantar na hora de costume, fazendo-o não ir trabalhar pelas manhãs. Inicialmente, imputou esse mal-estar ao fuso horário, mas, com o passar dos dias, sentindo-se cada vez mais débil, pensou ter contraído alguma dessas gripes asiáticas nos aeroportos ou voos que fizera. Suas pernas pesavam como chumbo, seu cérebro doía e parecia não compreender os problemas, suas costas reclamavam de cada movimento.

Certa noite, após deitar-se, sentiu uma forte dor de barriga, seguida de diarreia, que o obrigou a se levantar durante toda a noite. De manhã, ardia em febre, tendo sua empregada o acompanhado ao Pronto Atendimento, apesar de seus protestos, preocupada em que ele desmaiasse no caminho.

No hospital, como os exames hematológicos apresentassem significativas alterações, mantiveram-no internado, tomando antibióticos por via intravenosa, até que a febre baixasse e se tivesse um diagnóstico. Dois dias depois, sob a suspeita de uma forte virose e de uma infestação de herpes na região lombar, foi autorizado a voltar para casa, sob a condição de manter repouso absoluto, pois sua imunidade caíra drasticamente.

Telefonou ao escritório e solicitou uma semana de férias, explicando a urgência por se sentir muito cansado após a viagem, no que foi prontamente atendido. Como estas coincidiram com o coquetel em homenagem à Beatriz, muitos colegas, ou quase todos, concluíram que Tomás estava "arrasado" por perder a promoção que lhe era devida e que se afastara nestes dias para não passar por constrangimentos.

凹 凹 凹

Ao voltar para sua casa, Tomás experimentou uma alegria simples e autêntica, das quais não se dá conta no dia a dia: ele não estava mais num hospital! A sua casa mostrava-se acolhedora como jamais estivera! Na verdade, em um hospital, somos obrigados a conviver com a dor e o sofrimento alheios, coisa a qual não estamos acostumados. Vê-se passar uma maca manchada de sangue, ouvem-se gemidos e o pranto dos parentes. Percebe-se, enfim, a fragilidade da vida.

Nos dias que se seguiram, como os médicos já lhe tinham adiantado, Tomás enfrentou forte febre, que o fazia suar às bicas e congelar de frio em momento seguinte; e sofreu com dores lancinantes. Após dias assim, só ansiava retomar a sua rotina de trabalho.

De modo oblíquo e imperceptível, ficar acamado com fortes dores físicas, fez Tomás sublinhar um pouco o aspecto emocional, distanciando-o das agruras que minguavam sua energia.

Ao se restabelecer fisicamente, dez dias depois, ele se sentia como que resignado com o destino; a raiva e a mágoa que chegou a nutrir por Beatriz haviam esmaecido, quase se transformando numa saudade.

◘ ◘ ◘

No seu primeiro dia de volta ao escritório, Tomás praticamente não trabalhou: todos os seus estagiários, os advogados e mesmo muitos sócios fizeram questão de ir até a sua sala para cumprimentá-lo. Tomou uma dezena de xícaras de café, assegurou estar bem de saúde e quis se inteirar dos assuntos do escritório havidos na sua longa ausência. Como sempre no Brasil, muitas novas leis estavam em vigor, já lhe tendo sido providenciado um índex, verdadeiro livrinho, com as alterações. Diego facultou-lhe examinar as principais causas em andamento no escritório, para que escolhesse a que mais lhe aprouvesse.

Em pouco tempo, Tomás se viu novamente envolvido em complexas questões jurídicas, que exigiam sua máxima atenção, o que o ajudou a *se esquecer* de seus próprios problemas. Só à noite, no silêncio de seu apartamento, pensava em Beatriz, não acreditando ainda em tudo que acontecera.

Certa noite, ao procurar a camisa de um pijama, encontrou uma camiseta azul-clara, de uma textura fina e transparente, que não lhe pertencia. Após o espanto inicial, reconheceu-a como sendo de Solange, que a punha quando voltavam e ficavam à vontade em casa. Imediatamente a cheirou, à procura de Solange, mas a peça havia sido lavada e perfumada. Desapontado, como alguém que se desencontra, ficou a lembrar dos momentos vividos juntos; riu da forma como quase *não* se conheceram, da sua timidez ou medo; mesurou a força que Solange exercera sobre si para tirá-lo daquele limbo escuro do seu luto.

Ele devia muito a ela! Por mais estranho que fosse, um vínculo sutil se estabelecera entre eles, amálgama da solidão de um homem com a de uma garota de programas. Ambos a entendiam, sem necessidade de explicações.

Tomás sentiu-se triste consigo mesmo. Teria sido covarde? Teria perdido uma grande mulher apenas por um julgamento entorpecido pelas aparências sociais, feito precipitada e cruelmente? O que ele conhecia da vida de

Solange para sentenciá-la culpada, não lhe dando o direito de defesa?

As atitudes passadas lhe pareceram tolas, sem uma *razão* para sustentá-las ao longo da vida. Quão boa poderia ter sido Solange, se lhe houvesse dado uma única chance?

Este pensamento o remeteu para a noite em que procurara o telefone de Solange, revirando seu apartamento como um louco. Tentou recordar-se de como fizera contato com ela, antes de receber o seu número pessoal. Por fim, lembrou-se de um cliente americano, que passara uma semana no Brasil e para se gabar, dera-lhe um cartão da agência de garotas de programa. Ele sem dúvida não o guardara. Ademais, se o tivesse, iria ligar e perguntar como um idiota: a Solange ainda trabalha aí?

Sem se dar conta, começou a procurar novamente o papel onde anotara o número de celular de Solange, antes de salvá-lo em sua agenda. Desta vez, agiu com calma e método, indo de gaveta em gaveta, cômodo por cômodo. Procurou até nos bolsos das calças e dos ternos, dentro de vasos e em todas as caixas que encontrou. Nada! Solange estava desaparecida de sua vida!

Sentindo uma profunda solidão, consolou-se pensando que, quem sabe, um dia qualquer, ela lhe telefonaria. A ilusão não lhe durou muito, pois ele conhecia o temperamento de Solange, laminado em muito sofrimento. Ela nunca mais o procuraria!

Assim, Tomás foi tocando a vida como podia. Dedicava-se ao trabalho, ia a eventos culturais e procurava manter um círculo de amizades, evitando cair no isolamento do passado. Em realidade, na maioria das vezes ele se forçava a sair, pois no seu íntimo preferiria ficar no recôndito de suas lembranças.

Numa sexta-feira ensolarada, em pleno horário de verão, aceitou o convite de Pedro, para irem a um bar que estava "bombando", numa movimentada esquina de São Paulo. Foi porque gostava muito do jovem colega de escritório, com quem tinha bastante afinidade.

Sentaram-se numa boa mesa, pediram as bebidas e ficaram a conversar. De início, Tomás se mostrava animado, mas com o decorrer da noite foi ficando quieto e introspectivo. Pedro que o conhecia não só do escritório, mas da viagem à Suíça, quando esquiaram juntos, sabia que o chefe era também um homem alegre e divertido, sempre com histórias a contar. Por isso, tentou animá-lo, relembrando-o dos sucessos obtidos no último ano. Nada, porém, parecia captar sua atenção. Tomás estava mergulhado em cogitações.

— Puxa, não é fácil, não! Considerando o negócio da FDC, agora neste começo de ano, a fusão e as duas megaoperações no Brasil, você foi sem dúvida quem mais trouxe lucro pro escritório!

Tomás balançou a cabeça afirmativamente, dizendo um insonso:

— Foi mesmo.
— É algo pra se orgulhar!
— De fato.
— São os troféus que você falava, que mereciam ficar em destaque em sua biblioteca!

Como Tomás respondia em monossílabos, Pedro passou a falar de vários assuntos gerais, só para evitar um silêncio constrangedor.

De repente, Tomás disse alarmado:

— Caraca! Foi no tempo da incorporação! Eu guardei a cópia do contrato que fiz!

Pedro olhava para Tomás sem entender o que se passava.

— Puta merda! Como não me lembrei!

— O que foi, Tomás? Aconteceu alguma coisa?

— Sim, eu me lembrei onde anotei um telefone: na capa do dossiê da incorporação da Intelpar, que guardei na biblioteca!

— Telefone de quem?

— Pedro, você acerta a conta? Tenho que ir pra casa!

Assustado o jovem anuiu:

— Pode deixar, eu acho que vou ficar; o carpaccio ainda nem veio!

Ao ver Tomás sair numa pressa desmedida, com uma expressão estranha no rosto, que até parecia felicidade, Pedro se preocupou com o chefe. Ele não parecia estar bem!

XXXVII

Tomás entrou em seu apartamento tão apressado que nem tirou as chaves da fechadura, deixando aberta a porta. Correu para seu escritório, onde tinha belas estantes de madeira embutidas, que guardavam antigos livros de Direito e os mais importantes pareceres jurídicos que ele fizera no decorrer de sua carreira, os "seus troféus", como os chamava.

Seus olhos foram diretamente para os últimos, num canto à direita, e ele pegou dois dossiês: o primeiro era de outra incorporação, pulou para o segundo e viu, escrito com caneta no meio da página de apresentação: 9931723465.

"Meu Deus, achei! Finalmente!"

Tomás pegou seu celular e tentou compor o número, mas suas mãos tremiam e ele não conseguia guardar os números que olhava. Andou de um lado a outro, fazendo respirações forçadas e pensando que devia se acalmar.

Por fim, sentou-se com o dossiê sobre as pernas e olhando dígito por dígito compôs o número em seu celular. Antes do primeiro toque, contudo, desligou num movimento brusco, apertando o botão com as duas mãos, como que a esmagá-lo, para que não fizesse a ligação.

Apoiou as mãos sobre o dossiê, ainda espremendo o celular, e abaixou a cabeça, como um crente o faria em suas orações. Ficou um longo tempo assim, aparentemente imóvel, embora os seus braços tremessem e os músculos se contraíssem contra a sua vontade.

Ergueu a cabeça, soltou um forte suspiro e disse:
— Eu não posso ligar para ela!

Levantou-se devagar, como que vencido, e se dirigiu à varanda do apartamento, apoiando-se em uma das laterais. A noite ainda estava quente, mas uma brisa tornava a sensação agradável. Lembrou-se do primeiro encontro com Solange, do que sentiu de felicidade após amá-la com sofreguidão.

Amá-la? Aquilo teria sido amor? Em que ponto percebeu que começara a amá-la e fugiu feito um menino?

Pode-se *fugir* de um amor?

Tomás riu de si, balançando a cabeça.

E dois meses depois estaria *amando* Beatriz? "Não seja ridículo!", ordenou a si mesmo. "Pare de chamar de amor o sexo gostoso! A tenra amizade dos amantes não é amor! Mas e quando se junta a isso carinho e preocupação? Quando a falta do outro nos consome por dentro, tornando-nos vazios na solidão? O que é isso?"

Tomás não sabia mais o que sentia. Tudo estava confuso em sua mente. A única coisa que conseguiu pensar era que não poderia machucar Solange uma segunda vez! Ele deveria refletir seriamente!

Em vez de tomar um uísque, como normalmente faria, foi até a copa e preparou um expresso, pois queria ter lúcida a mente. Tomou o café na mesa da copa, onde se sentara com Solange na noite em que se conheceram.

"Você não teria uma máquina de café, teria? Estou louca por um expresso!". Tomás lembrava-se perfeitamente. Ficaram conversando sobre o dia a dia, como fazem velhos conhecidos.

Após ficar quase uma hora à mesa da copa, Tomás resolveu ir se deitar, na esperança de que uma noite de sono fosse boa conselheira, como dizia a sua avó. Eram 3h15 da manhã na última vez que olhou o celular para ver as horas.

Ao se levantar, contudo, tinha chegado a uma decisão: iria procurar Solange! Tentaria explicar as suas razões, dizer-lhe que se arrependera e que gostaria de reatar a relação. Era previsível uma resposta dura, mas com o tempo as coisas iriam se ajeitar e ele não perderia esta nova oportunidade! Daria o exato valor à Solange e faria dela uma mulher muito feliz!

◘ ◘ ◘

Tomás estava ansioso; queria lhe telefonar imediatamente. Após pensar e repensar, concluiu que por volta do meio-dia seria o melhor horário: Solange deveria estar só e provavelmente em seu apartamento. Poderiam ter a conversa que precisavam ter.

Quando faltavam quinze minutos para o horário planejado, Tomás pegou seu celular e compôs o número que já sabia decor.

— Alô — disse a voz de Solange.

— Solange, sou eu, o Tomás!

— Eu sei, Tomás. Esperava o seu telefonema!

Surpreso, Tomás não conseguia entender o significado daquelas palavras, ditas num tom impessoal. *Ela esperava por ele, pensava nele?*

— Já esperava? — Disse com cuidado.

Ante o silêncio de Solange, Tomás retomou a conversa, falando-lhe num modo casual:

— Eu pensei que nós poderíamos tomar um café, sei lá... Só para nos encontrarmos. A gente tá precisando conversar. Eu andei pensando muito em você!

— Não, Tomás, nós não temos nada para conversar!

— Solange — disse ele, afetuosamente — eu sei que agi errado com você, você tem todo o direito de...

— Eu me casei, Tomás!

— Casou... Como? Com quem?

— Alguém que sentiu a minha falta e achou que eu poderia ser uma boa esposa, alguém diferente de você!

— Mas Solange... Você o ama?

— Não sei; é um homem muito bom, que já sofreu bastante. Só sei que gosto dele, e que serei fiel a ele e uma boa mulher.

— Meu Deus, Solange...

— Eu só queria te dizer isso, Tomás. Por favor, não me ligue mais. Eu vou bloquear o celular!

— Espere um pouco... eu...

— Tomás, não me entenda mal. O meu sentimento por você foi muito forte... Forte demais. Eu, do fundo do meu coração, quero que você seja muito feliz! Adeus, Tomás, fique bem!

— Solange, deixe-me dizer...

O som da ligação cortada atingiu Tomás feito um raio! Aturdido, incrédulo, ele ainda ficou com o celular no ouvido, olhando perdido para a mesa da copa.

XXXVIII

Era começo de primavera. O céu estava azul e a temperatura muito agradável. Tomás desceu do táxi a algumas quadras do escritório para que pudesse fazer uma pequena caminhada. Era um trecho arborizado até lá e a manhã estava convidativa.

Ao chegar ao prédio, a secretária o recebeu com solícita atenção, mas demonstrava certa apreensão:

— Tudo bem, Dr. Tomás?

— Tudo bem — respondeu-lhe sorrindo.

— Dr. Tomás... O Dr. Diego pediu para o senhor subir assim que chegasse — disse ela como quem dá uma má notícia.

Tomás intuiu a preocupação dela e lhe disse com convicção:

— Não se preocupe, Cíntia, está tubo bem!

Ao subir no elevador, Tomás pensava no que poderia ter acontecido. A promoção para sócio do escritório não poderia ser, pois sabia que esta só deveria acontecer no ano que vem; ser despedido também não, pensou rindo, lembrando-se da secretária.

Por estranho que fosse, *nada* que pudesse acontecer lhe trazia receio ou mesmo alegria. Se existe um lado bom nos infortúnios da vida é que eles nos trazem um certo estoicismo. Tomás sentia que a sua pele ficara mais grossa, como mãos calejadas, distanciando-o das paixões do espírito. *Somam-se-me dias*, no dizer do poeta.

Diego o recebeu com um sincero abraço, queixando-se de pouco se verem, apesar de trabalharem no mesmo prédio. Perguntou-lhe se estava bem, se fazia os exercícios recomendados pelos médicos, e lhe disse ter uma notícia "em primeira mão".

— Antes quero tranquilizá-lo sobre São Paulo: a sua vaga será aberta tão logo se encerrem os balanços de fim de ano! Você não tem com o que se preocupar!

— Obrigado — respondeu sorrindo Tomás.

— Agora a novidade — disse Diego, fazendo suspense: — Graças principalmente a você, em razão do aumento excepcional da demanda, nós vamos abrir um escritório próprio em Genebra; toda uma equipe vai para lá. Afinal, não poderíamos ficar trabalhando nos prédios dos clientes!

— Caramba! Assim de repente; não ouvi nenhum rumor.

— Nem poderia, acabamos de resolver. Pediram-me que você fosse o primeiro a saber!

— Puxa, não imaginava — falou Tomás.

— O sócio lá receberá sua participação em francos suíços! Você não está interessado?

— Sei lá, eu nem pensei.

XXIX

O táxi estacionou no espaço reservado ao desembarque de passageiros em frente ao hotel. O rapaz uniformizado que estava à porta imediatamente se aproximou e, após pegar a bagagem, ficou à espera do passageiro para acompanhá-lo até a recepção envidraçada. O homem que descera, contudo, permaneceu imóvel, olhando para o lago que dali se vislumbrava, como se esperasse por algo. Disse ao rapaz:

— Leve por favor minha mala e a deixe na recepção. Eu já vou!

Não teve vontade de entrar naquele instante. Queria rever o Léman e sentir o cheiro de suas águas límpidas. Caminhou pela pequena praça, onde a brisa balançava os plátanos, indo até a beirada do lago.

Já era outono e as suas águas estavam azul-petróleo, impulsionadas lentas e irrefreáveis ao seu próprio destino, desconhecido por ele. Ao contemplar aquela grandeza, por instinto respirou profundamente sentindo leve brisa marinha. Soltou o ar pela boca, como que tomado de um cansaço súbito. Parecia ter chegado ao fim de uma viagem, ao fim de todas as viagens.

Uma emoção tomou-lhe o espírito: a alegria triste, muito triste, dos momentos que se sabe passados.

As águas do lago não haviam mudado; ele que era outro.

Ainda assim, sentiu-se integrado, diluído, parte daquela imensidão que o circundava.

Post scriptum

Quatro anos depois, Beatriz olhava para as árvores em volta do parque com uma felicidade lânguida, preguiçosa. Se pudesse ficaria ali por horas, mas gostava de chegar ao escritório antes de 1h30, quando todos os demais voltavam do almoço. Nisto ouviu chamarem-na:

— Mamãe, olha, é minha vez de pular!

Olhou e viu Helena acenando-lhe, para que prestasse atenção ao jogo de amarelinha. Sorriu-lhe. A filha estava radiante de alegria, junto das amigas que brincavam antes da escola. O coração de Beatriz estalou de felicidade!

As coisas haviam corrido bem. No escritório em Brasília encontrou um ambiente hospitaleiro, que a fez sentir-se acolhida logo de início; em pouco tempo contava com alguns novos amigos.

Em sua opinião, Ricardo, era o homem mais feliz do mundo! No seu trabalho no Ministério da Saúde podia fazer aquilo que era sua vocação: cuidar das pessoas! Ele estava plenamente realizado, como médico e, principalmente, como pai. Beatriz ficava emocionada ao vê-lo chegar em casa e ser recebido pela filha: os dois pareciam não se ver há séculos; beijavam-se e se abraçavam com os olhos marejados.

Ela mesma vivenciava uma emoção inaudita. A gravidez e a maternidade já não faziam parte de seus planos. Agora, ao olhar para a filha, compreendia existirem coisas além de qualquer sentimento!

Helena, uma criança tão linda, trazia completude a sua vida! Era a sua felicidade, a razão a mais para viver, a melhor... *lembrança.*